RAYMOND E. FEIST

MAGICIEN

APPRENTI

Milady

V O L U M E 1

Avant-propos

J'ai toujours aimé les comics. Certains de mes tout premiers souvenirs d'enfant remontent à 1951, quand je me rendais au drugstore du coin avec vingt-cinq cents, ce qui me permettait d'acheter un bâton de sucre candi (ou un soda) et deux comics. Dix cents seulement ! Pour cette somme-là, vous aviez droit à cinquante-deux pages en couleurs avec toutes sortes d'histoires. Je les aimais toutes. Je lisais ***Walt Disney Comics and Series***, ***Captain Marvel***, ***Superman and Action***, ***Batman and Detective***, ***Modern Comics***, ***Rootie Kazootie*** et bien d'autres.

J'avais aussi l'habitude de fouiller dans des cartons de vieux comics que les grands frères et les grandes sœurs de mes amis gardaient chez eux. C'est comme ça que j'ai découvert d'anciens numéros de ***Sub-Mariner***, ***Captain America***, ***The Invaders*** et encore bien plus de ***Captain Marvel*** et de ***Superman***.

Puis nous avons emménagé dans une communauté où l'on ne vendait pas de comics à cause de l'affaire ridicule et grotesque de *Seduction of the Innocent*. Pour ceux d'entre vous qui sont trop jeunes pour s'en souvenir, le docteur Fredric Wertham publia en 1954 ce livre prétendant que les comics étaient responsables de tous les maux de la société occidentale. Malheureusement, nombreux furent ceux à adhérer à cette thèse idiote. Les comics disparurent donc plus ou moins de ma vie pendant quelques années. Puis, vers la fin des années 1950, je découvris ***Archie and Friends*** et d'autres comics « propres » qui ne manquaient pas d'attrait. J'assistai au retour des super-héros, ce fut la naissance du Silver Age, avec un nouveau ***Flash*** et un nouveau ***Green Lantern***.

Puis vint Marvel. J'étais au lycée quand j'ai découvert un carton de comics dans une boutique de livres d'occasion. J'y ai déniché des titres que je n'avais encore jamais vus : ***Spider-Man***, ***Tales to Astonish***, ***Journey into Mystery*** et les ***Fantastic Four***. Je fus de nouvea passionné de comics. Ils ne valaient plus dix cen les cinquante-deux pages, mais ils étaient toujou amusants. Et différents, aussi ! Spider-Man était u lycéen comme moi, et un intello par-dessus le march Il se faisait malmener par les sportifs de l'école et l jolies filles ne lui prêtaient aucune attention. Enfin u super-héros auquel je pouvais m'identifier !

Bien sûr, j'ai « grandi », mais je continue à aimer c art connu sous le nom de comic books (ou « livr amusants », comme on les appelait quand j'étais peti Je me rends toujours à la boutique du coin deux fo par mois pour y acheter un grand nombre de titres j'y emmène mes enfants.

La prochaine fois, ils verront un comic avec mon no sur la couverture. Quand les Dabel Brothers m'o proposé d'adapter *Magicien*, mon premier roman, e comics, j'ai été séduit par la façon dont ils souhaitaie procéder et j'ai tout de suite accepté. Le fait que projet soit publié par Marvel ne fait que renforcer n joie car, à mon avis, ce sont Stan Lee, Jack Kirby, Ste Ditko et une poignée d'autres qui ont réinventé cet forme d'art dans les années 1960.

Ce fut un véritable bonheur de voir ma propre créati à travers les yeux d'autres créateurs. Vous tenez ent vos mains ce qui n'est, je l'espère, que le premier d'u longue série de volumes qui continueront à adapt mes romans dans ce qui fut mon premier amour lecteur : les comics. Bien sûr, aujourd'hui, on pa de « romans graphiques », parce qu'ils sont gros racontent une longue histoire. Mais, dans mon cœu ce seront toujours des comics !

Raymond E. Feist
Janvier 2007

Auteur : **Raymond E. Feist**
Adaptation : **Michael Avon Oeming**
Bryan J. Glass
Dessin : **Brett Booth** (chapitres 1-3)
Ryan Stegman (chapitres 4-6)
Couleurs : **Vinicius Andrade** (chapitres 1-3)
Kieran Oats (chapitres 4-6)

Titre original : *Magician: The Apprentice*

Traduit de l'anglais (États-Unis) par Isabelle Pernot
Lettrage : Hinoko

Bragelonne – Milady
Collection Milady Graphics
35, rue de la Bienfaisance – 75008 Paris
E-mail : info@milady.fr
Site Internet : http://www.milady.fr

Achevé d'imprimer en France, par Aubin Imprimeur
Dépôt légal : septembre 2009
ISBN 978-2-8112-0193-7

Magicien : Apprenti

CHAPITRE UN

PUG !
OÙ ES-TU, GAMIN ?
JE CROIS QUE MON PÈRE T'APPELLE.
AH BON ?
› SOUPIR ‹ À TON AVIS, IL VEUT QUOI ?
JE SAIS PAS, MAIS JE NE LE FERAIS PAS ATTENDRE, MOI...
BOM
T'ES BIEN PRESSÉ, PETIT. TON COPAIN TOMAS A FILÉ SANS TOI ?

T'AURAIS PU ME CASSER LA JAMBE, LÀ. J'DEVRAIS TE DONNER UNE LEÇON...
THWACK
PUG EST MON AMI. CEUX QUI S'EN PRENNENT À LUI ONT AFFAIRE À MOI. ESSAIE DE T'EN SOUVENIR.
BON, AU MOINS, *QUELQU'UN* A BEL ET BIEN PRIS UNE LEÇON. ÇA VA?
MIEUX, MERCI.
IL FAUT Y ALLER. MON PÈRE VA TE PASSER À LA BROCHE SI TU NE RENTRES PAS TRÈS VITE.
DÉSOLÉ, MEGAR...
C'EST PAS LE MOMENT DE T'EXCUSER, GAMIN. REMPLIS-MOI CE SAC DE CRABES POUR LE DÎNER.
J'Y VAIS AUSSI.
NON, TOMAS, J'AI BESOIN DE TOI AILLEURS.
DANS LE JARDIN, PAR EXEMPLE, POUR ARROSER.
ALLEZ, OUSTE! VOUS AVEZ ASSEZ LAMBINÉ COMME ÇA!
JE VOUS TANNERAI LE CUIR SI VOUS TRAÎNEZ!
FAUT-IL VRAIMENT ENVOYER LE PETIT LÀ-BAS TOUT SEUL?
ON NE PEUT PAS *TOUJOURS* DEMANDER À TOMAS DE VEILLER SUR LUI! LE GAMIN DEVRA SE DÉBROUILLER SEUL TÔT OU TARD. TOMAS SERA BIENTÔT APPRENTI ET PUG...
BAH! CE N'EST PAS NOTRE FILS. ON NE PEUT PAS LE PROTÉGER ÉTERNELLEMENT. LAISSONS-LE S'ASSUMER, POUR UNE FOIS.
SI TU LE DIS, MON HOMME.

TOMAS ! UN MOT, JE TE PRIE...
OUI, MAÎTRE D'ARMES FANNON !
EN PRIVÉ... J'AI DES QUESTIONS À TE POSER.
OUI, MONSIEUR !
HÉ, REGARDE ÇA...
PRINCESSE CARLINE...
TU RÊVES, MON AMI.
ELLE EST *TROP* BIEN NÉE POUR TOI.
J'AI UNE COURSE À FAIRE POUR FANNON...
TOI, TU FERAIS BIEN DE REMPLIR CE SAC DE CRABES SI TU NE VEUX PAS ÊTRE SERVI EN FRITURE À SON ALTESSE POUR LE DÎNER.
C'EST COMME SI C'ÉTAIT FAIT !
C'EST ÇA. ET SURTOUT, PUG, N'OUBLIE PAS...

"... NE T'ENDORS PAS CETTE FOIS-CI!"
HEIN! QUOI?!?
OH NON, QUEL IMBÉCILE! MEGAR VA ME TUER!
LA TEMPÊTE ARRIVE. FAUT QUE JE FILE!

BRRRAOUMM
OK, LE TONNERRE MAIS PAS D'ÉCLAIRS, ÇA VEUT DIRE QUE CE N'EST PAS SI...
KRAKBRAOMM
ARGH!
AH!
SPLAASSHH

ARGH!
FOOSH
KRABABROUM
ARF.
ÇA A L'AIR
SÉRIEUX.

HAN!
OOHH...
ÇA FAIT MAL...

RRRRRRRR
OUH LÀ, TOUT DOUX...

SNIRF
SNIRF
GRRR-OUIKK
BBRRAOUUMK
UUFF!

SPLAASSHH
P... PITIÉ !
RRGGROONKKK

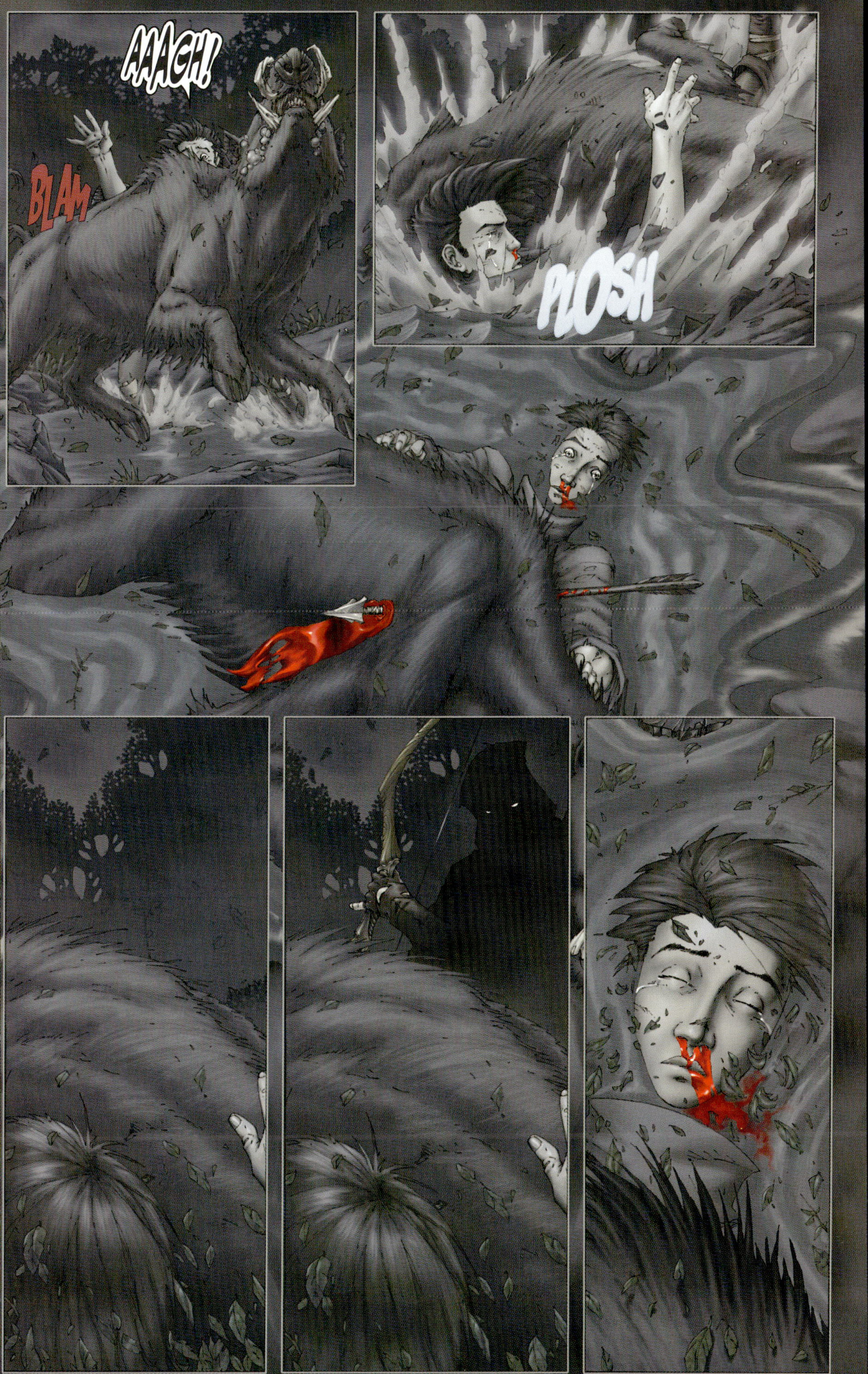
AAAGH!
BLAM
PLOSH

EUHHHHH...
RIEN DE CASSÉ?
EUH, JE NE CROIS PAS... MAÎTRE KULGAN?

TU M'AS DÉJÀ VU, ALORS?
OUI, AU CHÂTEAU.
QUEL EST TON NOM, MON GARÇON?
PUG, MAÎTRE KULGAN.
OUI, JE VOIS QUI TU ES.
OUBLIE LE "MAÎTRE", PUG...
MÊME SI JE SUIS MAÎTRE DE MON ART...
JE FAIS PARTIE DE LA COUR DUCALE, MAIS JE NE SUIS PAS MIEUX NÉ QUE TOI.
LE TACITURNE, LÀ-BAS, C'EST MON SERVITEUR, MEECHAM.

VOUS M'AVEZ SAUVÉ LA VIE.
NE ME REMERCIE PAS. SI JE N'AVAIS PAS EFFRAYÉ CETTE BÊTE, JE DOUTE QU'ELLE T'AURAIT ATTAQUÉ.
CETTE PAUVRE CRÉATURE QUE NOUS SOMMES RAVIS DE DÉGUSTER CE SOIR EST TOUT AUTANT VICTIME DES CIRCONSTANCES QUE TOI.
GRRRAUUUUP
AH!
ALLONS, FISTON. FANTUS NE VA PAS TE MANGER.
C'EST UN VRAI DRAGON, M'SIEUR?

PARFOIS, IL LE CROIT, FISTON. MAIS C'EST UN DRAGONNET, UN COUSIN DES DRAGONS.
IL CRACHE DU FEU?
QUAND L'ENVIE L'EN PREND, IL CRACHE UNE FLAMME OU DEUX, MAIS C'EST RARE.
JE CROIS QUE C'EST PARCE QUE JE LE NOURRIS BEAUCOUP.
IL NE CHASSE PLUS DEPUIS DES ANNÉES, ALORS IL MANQUE DE PRATIQUE POUR UN DRAGONNET.
MAIS, EN VÉRITÉ, JE LE GÂTE HONTEUSEMENT.
IL EST MALIN, ALORS FAIS ATTENTION À CE QUE TU DIS. IL EST TRÈS SENSIBLE.

ET VOICI COMMENT NOUS T'AVONS TROUVÉ, JEUNE PUG...
CECI EST UN CADEAU D'ALTHAFAIN DE CARSE. IL M'EN A JUGÉ DIGNE PARCE QUE JE LUI AI RENDU UN OU DEUX SERVICES.
REGARDE, PUG, ET DIS-MOI SI TU VOIS LA MÊME CHOSE QUE MOI.
WOW...

TCHACK

BRAVO, MON GARÇON. JE NE PENSAIS PAS QUE TU SAURAIS FORMER MÊME UNE SEULE IMAGE.
MAIS... TU ES PLUS DOUÉ QUE TU EN AS L'AIR.
AH?
JE TESTAIS CE JOUET POUR VOIR JUSQU'OÙ J'ARRIVERAIS À PROJETER MON REGARD QUAND JE T'AI VU ALLER VERS LA ROUTE.
TU ÉTAIS BLESSÉ ET TU BOITAIS. J'AI JUGÉ QUE TU N'ATTEINDRAIS JAMAIS LA VILLE ET J'AI ENVOYÉ MEECHAM TE CHERCHER.
MERCI, MONSIEUR. MAIS J'AURAIS FINI PAR ATTEINDRE LA VILLE.
PEUT-ÊTRE BIEN. MAIS CETTE TEMPÊTE EST TRÈS VIOLENTE. C'EST DANGEREUX DE VOYAGER PAR CE TEMPS.
LÀ, ON DIRAIT QU'ELLE SE CALME.
C'EST VRAI, MAIS CES GRANDS ARBRES NE SONT PAS LES SEULS À PROTÉGER CETTE CLAIRIÈRE.
SI TU SORTAIS DU CERCLE DE CHÊNES QUI DÉLIMITE MON DOMAINE, TU SUBIRAIS LA TEMPÊTE DE PLEIN FOUET. MEECHAM, QU'EN DIS-TU?
CE VENT ME RAPPELLE CELUI QUI A DROSSÉ SIX NAVIRES IL Y A TROIS ANS.
MAIS CE SERA FINI À L'AUBE.
TU VOIS?
J'INSISTE POUR QUE TU SOIS MON INVITÉ CE SOIR, PUG. CE SERAIT BÊTE DE REFUSER.
D'... D'ACCORD. MERCI.

MAIS DE RIEN. ALORS, DIS-MOI... QUE COMPTES-TU FAIRE QUAND TU SERAS UN HOMME?
AU SOLSTICE D'ÉTÉ, J'ESPÈRE SERVIR LE DUC SOUS L'ÉGIDE DU MAÎTRE D'ARMES FANNON.
J'AURAIS CRU QU'IL TE RESTAIT UN AN OU DEUX AVANT L'APPRENTISSAGE.
MEGAR LE CUISINIER DIT QUE JE PEUX GRANDIR SUR LE TARD. NUL NE CONNAÎT MES PARENTS, ON NE SAIT PAS À QUOI S'ATTENDRE.
ORPHELIN?
UNE FEMME QUI DISAIT M'AVOIR TROUVÉ SUR LA ROUTE M'A DÉPOSÉ À L'ABBAYE DES MONTAGNES, CHEZ LES PRÊTRES DE DALA. ET EUX M'ONT AMENÉ AU CHÂTEAU.
OUI... JE ME RAPPELLE QUAND CEUX QUI PRIENT LE BOUCLIER DES FAIBLES T'ONT AMENÉ. TU N'ÉTAIS QU'UN BÉBÉ À PEINE SEVRÉ.

TU DOIS TA LIBERTÉ À LA BONTÉ DU DUC. IL S'EST DIT QU'IL VALAIT MIEUX AFFRANCHIR LE FILS D'UN SERF QU'ASSERVIR CELUI D'UN HOMME LIBRE.
SANS PREUVE, IL AVAIT LE DROIT DE FAIRE DE TOI UN SERF.
›OOOOH‹

LÀ...
IL Y EN A ENCORE.
DE CE CÔTÉ.
...U'EST-CE?
LES TRACES D'UN GROUPE D'ÉCLAIREURS,
AU MOINS HUIT.
ET TROP PRÈS D'ELVANDAR POUR DES HUMAINS. ON LES AURAIT REMARQUÉS...
TROP RÉGULIÈRES POUR DES NAINS ET PAS ASSEZ DISCRÈTES POUR DES FRÈRES DES TÉNÈBRES.
ÉTRANGE... ILS AVANÇAIENT AVEC DÉTERMINATION, MAIS À PART CES EMPREINTES IL N'Y A AUCUNE TRACE DE LEUR PASSAGE.
ET LEUR CHEMIN SEMBLE NE MENER NULLE PART...
ILS ÉTAIENT PEUT-ÊTRE EN REPÉRAGE.
MAIS POURQUOI?
JE NE LES VOIS PLUS.
ET TOI, TU PEUX ENCORE LES SUIVRE?
MAIS... C'EST IMPOSSIBLE.

C'EST CLAIR, ELLES S'ARRÊTENT LÀ.
OÙ ONT-ILS BIEN PU ALLER?
PLUS D'EMPREINTES NI DE PIÉTINEMENTS.
ILS SE SONT ÉVAPORÉS?
LA REINE DOIT ÊTRE AVERTIE.
JE CRAINS QUE CETTE ÉTRANGE MAGIE NE SERVE PAS UNE BONNE CAUSE.
TU CROIS QU'UN MAGICIEN EST IMPLIQUÉ?
UN MAGICIEN, NON. ON L'AURAIT SENTI.
AUCUNE MAGIE EN CE MONDE N'ÉCHAPPE AUX ELFES.
SAUF...
... SI CETTE MAGIE VIENT D'AILLEURS.

Magicien : Apprenti

CHAPITRE DEUX

TA MÈRE ÉTAIT VRAIMENT FURIEUSE?
NON, ELLE NOUS COMPREND. ELLE EN A VU DÉFILER, DES GARÇONS, LE JOUR DU CHOIX. FRANCHEMENT, PUG, ON LA GÊNAIT PLUS QU'AUTRE CHOSE.
JE ME SUIS RIDICULISÉ AUJOURD'HUI, TOMAS.
ET MOI DONC! T'AS PAS OUBLIÉ DE SUSPENDRE LES QUARTIERS DE BŒUF, TOI.
LES CHIENS DU DUC SE SONT RÉGALÉS. ELLE EST EN COLÈRE, HEIN?
CONTRE PÈRE ET LES AUTRES MAÎTRES. ELLE DIT QUE LES DÉLIBÉRATIONS SONT UNE EXCUSE POUR PASSER LA JOURNÉE À FUMER LA PIPE ET À RACONTER DES HISTOIRES DEVANT UNE BIÈRE ET QU'ILS SAVENT DÉJÀ QUI ILS VONT CHOISIR.
ELLE N'EST PAS LA SEULE À LE PENSER. D'AILLEURS, ELLE A SÛREMENT RAISON.
ELLE DÉTESTE QU'IL NE SOIT PAS EN CUISINE POUR TOUT SURVEILLER.
JE CROIS QU'ELLE NOUS A CHASSÉS DU CHÂTEAU CE MATIN POUR ÉVITER DE PASSER SES NERFS SUR NOUS, ENFIN, SUR TOI. TU ES SON PRÉFÉRÉ.
BEN, **JE** FAIS MOINS DE BÊTISES.

NON, TU TE FAIS MOINS PRENDRE.
PEUT-ÊTRE.
SI ON REVENAIT AVEC DES PERDRIX OU DES CAILLES, ÇA LUI RENDRAIT PEUT-ÊTRE SA BONNE HUMEUR.
PUG, REGARDE !
IL A QUATORZE CORS.
CE DOIT ÊTRE UN TRÈS VIEUX CERF.
C'EST MARTIN.
SORTEZ LENTEMENT, IL SE LAISSERA PEUT-ÊTRE APPROCHER.
TENDEZ LA MAIN DOUCEMENT POUR NE PAS L'EFFRAYER.

C'EST AUSSI BIEN. MIEUX VAUT QU'IL N'APPROCHE PAS TROP LES HOMMES, OU SES BOIS FINIRAIENT VITE SUR LA CHEMINÉE D'UN BRACONNIER. DITES-MOI PLUTÔT CE QUI AMÈNE DE SI HARDIS CHASSEURS DANS LA FORÊT DUCALE.
MA MÈRE NOUS A CHASSÉS DE LA CUISINE. ON LA GÊNAIT PLUS QU'AUTRE CHOSE, C'EST LE JOUR DU CHOIX ET...
POURQUOI N'ÊTES-VOUS PAS AU CHÂTEAU, MAÎTRE CHASSEUR?
VOUS NE CHOISISSEZ PAS D'APPRENTI CETTE ANNÉE?
J'AURAIS PARIÉ QUE VOUS NE VOUS EN RENDRIEZ PAS COMPTE. MAIS TU AS L'ESPRIT VIF, PUG.
PAS UN MOT, PETIT. L'AN DERNIER, J'AI CHOISI GARRET ET MES PISTEURS SONT AU COMPLET.
ON NE VOUS A PAS VU AU CHÂTEAU DEPUIS PRÈS D'UN MOIS, MARTIN.
J'ÉTAIS EN ELVANDAR.
LA REINE AGLARANNA A MIS FIN À SON DEUIL DE VINGT ANS. IL Y A EU UNE GRANDE FÊTE.
VOUS AVEZ DÎNÉ AVEC LA REINE?
J'ÉTAIS ASSIS À LA TABLE LA PLUS ÉLOIGNÉE DU TRÔNE MAIS, OUI, J'Y ÉTAIS.
J'AI GRANDI PRÈS DE LA FORÊT ELFIQUE. J'AI JOUÉ AVEC LEURS ENFANTS ET J'AI CHASSÉ AVEC LE PRINCE CALIN AVANT DE VENIR ICI.
COMMENT ÉTAIT LE ROI AIDAN?
DÉSOLÉ, MARTIN. J'AI DIT QUELQUE CHOSE DE MAL?
CE N'EST PAS TA FAUTE, TOMAS. LES ELFES NE PARLENT PAS DE CEUX QUI SONT PARTIS POUR LES ÎLES BÉNIES, SURTOUT S'ILS SONT MORTS TROP TÔT.
ILS CROIENT QUE CELA INTERROMPT LE VOYAGE DES DÉFUNTS ET LES PRIVE DE LEUR REPOS. JE RESPECTE LEURS CROYANCES.
MAIS, À DIRE VRAI, JE NE L'AI JAMAIS VU. IL A ÉTÉ TUÉ QUAND J'ÉTAIS PETIT. MAIS ON M'A RACONTÉ SES HAUTS FAITS ET IL ME SEMBLE QUE C'ÉTAIT UN ROI BON ET SAGE.

MIDI APPROCHE. IL FAUT RETOURNER AU CHÂTEAU.

OYEZ, OYEZ ! SA GRÂCE BORRIC CONDOIN, TROISIÈME DUC DE CRYDEE, PRINCE DU ROYAUME, SEIGNEUR DE CRYDEE, CARSE ET TULAN, GARDIEN DE L'OUEST, GÉNÉRAL DES ARMÉES DU ROI ET HÉRITIER PRÉSOMPTIF DU TRÔNE DE RILLANON.
LEURS ALTESSES ROYALES, LES PRINCES LYAM CONDOIN ET ARUTHA CONDOIN, HÉRITIERS DE LA MAISON DE CRYDEE...
... CAPITAINES DE L'ARMÉE ROYALE DE L'OUEST, PRINCES DE LA MAISON ROYALE DE RILLANON.
LA PRINCESSE CARLINE, FILLE DE LA MAISON ROYALE.
HIER S'EST ACHEVÉE LA ONZIÈME ANNÉE DU RÈGNE DE NOTRE ROI, RODRIC LE QUATRIÈME. AUJOURD'HUI, NOUS FÊTONS BANAPIS. DEMAIN, LES GARÇONS RASSEMBLÉS ICI, À CRYDEE, NE SERONT PLUS DES ENFANTS, MAIS DES APPRENTIS ET DES HOMMES LIBRES.

C'EST LE MOMENT DE VOUS DEMANDER SI CERTAINS DÉSIRENT ÊTRE LIBÉRÉS DE LEURS OBLIGATIONS ENVERS LE DUCHÉ.
JE SUIS ROBERT, FILS DE HUGEN. VOTRE GRÂCE, MON PÈRE NE PEUT PAS ME PRENDRE DANS SON ATELIER. MON FRÈRE AÎNÉ EST MARIÉ ET N'A PAS DE PLACE POUR MOI DANS SA MAISON.
SI JE NE PEUX PAS RESTER AVEC MA FAMILLE ET PRATIQUER LE MÉTIER DE MON PÈRE, JE DEMANDE À M'ENGAGER COMME MARIN À BORD DE L'*OPALE MARINE*, LE NAVIRE DU CAPITAINE GREGSON, DE PORT-MARGRAVE.
JE LE CONNAIS, C'EST UN HOMME BON ET JUSTE. JE TE RECOMMANDE À SON SERVICE ET TE SOUHAITE BON VENT. TU SERAS TOUJOURS LE BIENVENU À CRYDEE.
QUE LE CHOIX COMMENCE.
VOILIER HOLM.
JE CHOISIS... WILLY ET EDDIE.
... ET MACKIE.

... ARTISAN DINK.
... MARÉCHAL-FERRANT ALGON.
... INTENDANT SAMUEL.
... MAÎTRE D'ARMES FANNON.
JE CHOISIS... TOMAS, FILS DE MEGAR.
VOILÀ QUI CONCLUT LE CHOIX.

JE CONFIE CHAQUE GARÇON...
AUX BONS SOINS DE SON MAÎTRE AUQUEL IL FAUDRA OBÉIR DANS LE RESPECT DE NOS LOIS.
VOUS ÊTES À PRÉSENT DES HOMMES DE CRYDEE À PART ENTIÈRE.
VOTRE GRÂCE, SI VOUS LE PERMETTEZ, J'AURAIS BESOIN D'UN APPRENTI...
ET J'AIMERAIS APPELER PUG L'ORPHELIN.
KULGAN ÉTANT UN MAÎTRE RECONNU DE SON ART IL A LE DROIT DE CHOISIR
PUG L'ORPHELIN, VEUX-TU ÊTRE À SON SERVICE?

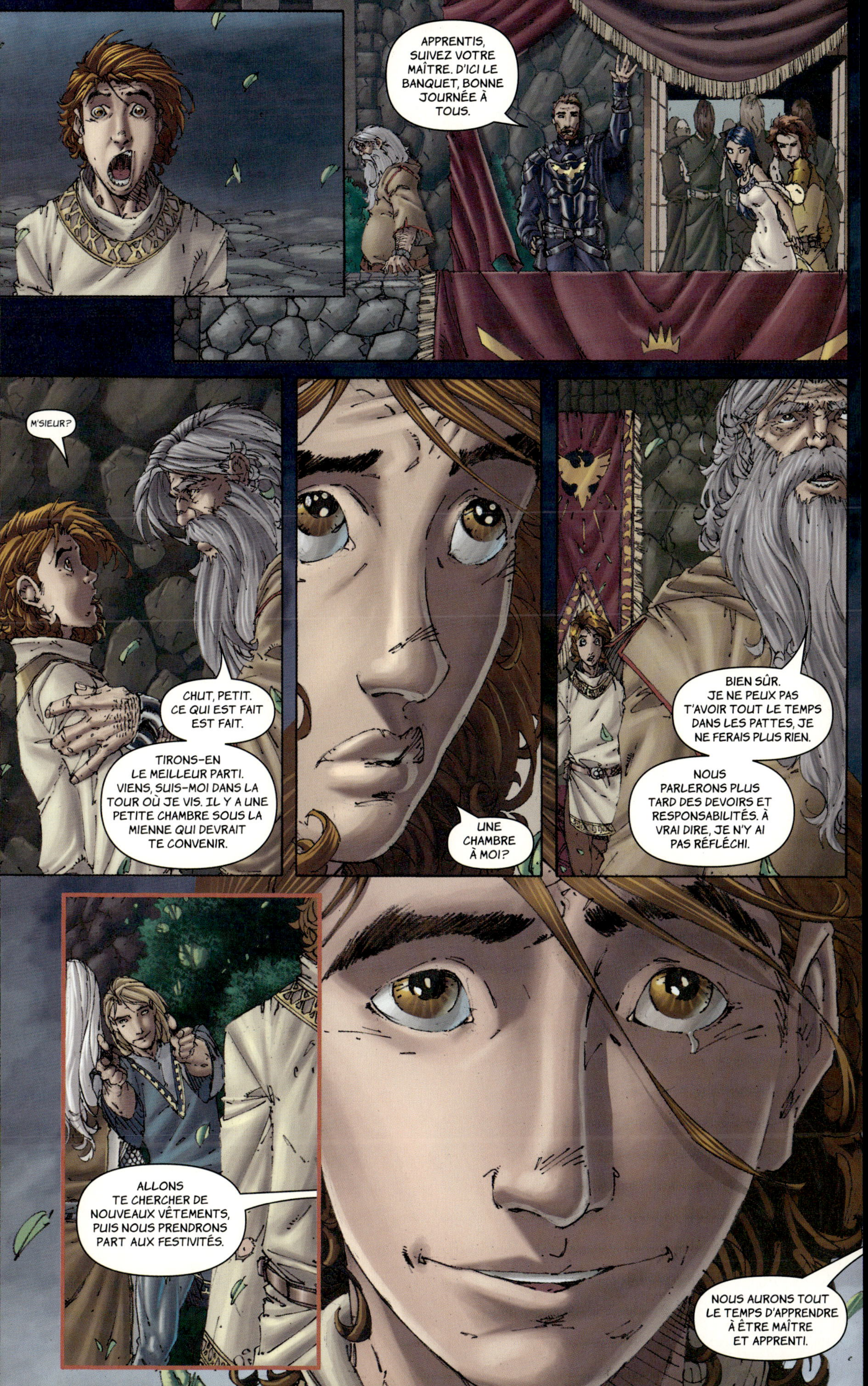
APPRENTIS, SUIVEZ VOTRE MAÎTRE. D'ICI LE BANQUET, BONNE JOURNÉE À TOUS.
M'SIEUR?
CHUT, PETIT. CE QUI EST FAIT EST FAIT.
TIRONS-EN LE MEILLEUR PARTI. VIENS, SUIS-MOI DANS LA TOUR OÙ JE VIS. IL Y A UNE PETITE CHAMBRE SOUS LA MIENNE QUI DEVRAIT TE CONVENIR.
UNE CHAMBRE À MOI?
BIEN SÛR. JE NE PEUX PAS T'AVOIR TOUT LE TEMPS DANS LES PATTES, JE NE FERAIS PLUS RIEN.
NOUS PARLERONS PLUS TARD DES DEVOIRS ET RESPONSABILITÉS. À VRAI DIRE, JE N'Y AI PAS RÉFLÉCHI.
ALLONS TE CHERCHER DE NOUVEAUX VÊTEMENTS, PUIS NOUS PRENDRONS PART AUX FESTIVITÉS.
NOUS AURONS TOUT LE TEMPS D'APPRENDRE À ÊTRE MAÎTRE ET APPRENTI.

QUATORZE MOIS PLUS TARD...
PUG, C'EST L'HEURE DE TA LEÇON D'ÉCRITURE... ÇA NE VA PAS, PETIT ?
JE NE SAIS PAS, MON PÈRE. C'EST JUSTE QUE ÇA NE SE PASSE PAS COMME JE VOUDRAIS. JE RATE TOUT CE QUE J'ENTREPRENDS.
TOUT NE PEUT PAS ÊTRE NOIR. ALLONS, DIS-MOI CE QUI TE PERTURBE. NOUS ÉCRIRONS UNE AUTRE FOIS.
JE VOUS AI DIT QUE KULGAN ESSAYAIT DE M'APPRENDRE LES TROIS TECHNIQUES DE BASE QUI PERMETTENT DE CALMER L'ESPRIT AVANT DE LANCER DES SORTS.
EH BIEN, LA VÉRITÉ, C'EST QUE JE MAÎTRISE CES EXERCICES DEPUIS DES MOIS. JE PEUX DÉSORMAIS AMENER LE CALME DANS MON ESPRIT EN QUELQUES INSTANTS, SANS EFFORT. MAIS ÇA S'ARRÊTE LÀ. APRÈS, TOUT S'EFFONDRE.
COMMENT ÇA?

L'ÉTAPE SUIVANTE, C'EST D'ENTRAÎNER SON ESPRIT À FAIRE DES CHOSES QUI NE LUI SONT PAS NATURELLES: PENSER À UNE SEULE CHOSE À L'EXCLUSION DE TOUTE AUTRE OU S'OBLIGER À NE PAS PENSER À UN SUJET DONNÉ, CE QUI EST TRÈS DUR.
CHAQUE FOIS QUE J'ESSAIE DE LANCER UN DES SORTS SIMPLES QUE KULGAN M'A APPRIS, COMME FAIRE BOUGER UN OBJET OU LÉVITER, CES CHOSES DANS MA TÊTE SUBMERGENT MA CONCENTRATION ET JE PERDS LE CONTRÔLE. JE N'ARRIVE MÊME PAS À LANCER UN SORT BASIQUE.
LA PLUPART DU TEMPS, J'Y ARRIVE, MAIS, PARFOIS, J'AI L'IMPRESSION QUE DES FORCES À L'INTÉRIEUR DE MA TÊTE EXIGENT QUE JE FASSE LES CHOSES DIFFÉREMMENT.
KULGAN ME DIT DE PERSÉVÉRER SANS CRAINTE, QUE J'AI DU TALENT, QU'IL L'A SU DÈS NOTRE PREMIÈRE RENCONTRE QUAND J'AI UTILISÉ LE CRISTAL. VOUS AUSSI, VOUS DITES QUE JE SUIS DOUÉ. MAIS JE N'ARRIVE PAS À LANCER LES SORTS CORRECTEMENT. ÇA M'EMBROUILLE.
C'EST COMME SI DANS MA TÊTE IL SE PASSAIT AUTRE CHOSE QUE CE QUE KULGAN A PRÉVU.
LA MAGIE A DE NOMBREUSES PROPRIÉTÉS, UG. MÊME NOUS QUI LA PRATIQUONS, NOUS 'EN COMPRENONS GUÈRE LES MÉCANISMES. DANS LES TEMPLES, ON NOUS ENSEIGNE QUE LA MAGIE EST UN DON DES DIEUX. ON Y CROIT.
ON NE COMPREND PAS COMMENT IL PEUT EN ÊTRE AINSI, MAIS ON N'OBJECTE PAS. CHAQUE ORDRE A SON DOMAINE DE MAGIE ET IL N'EN EXISTE PAS DEUX PAREILS. JE PRATIQUE UNE MAGIE INACCESSIBLE À D'AUTRES. NUL NE SAIT POURQUOI.
LES MAGICIENS, EUX, PRATIQUENT UNE AUTRE FORME DE MAGIE, TRÈS DIFFÉRENTE DE CELLE DES TEMPLES. ELLE NOUS EST EN GRANDE PARTIE ÉTRANGÈRE. ILS ÉTUDIENT L'ART DE LA MAGIE, SA NATURE ET SES MÉCANISMES, MAIS ILS N'ARRIVENT PAS NON PLUS À L'EXPLIQUER. ILS SAVENT SEULEMENT L'UTILISER ET TRANSMETTRE CE SAVOIR À LEURS ÉTUDIANTS, COMME KULGAN AVEC TOI.

IL ESSAIE, MON PÈRE, MAIS JE CROIS QU'IL S'EST TROMPÉ SUR MOI.
JE CROIS SAVOIR CE QUI NE VA PAS.
QUAND ON RESTE ENFERMÉ TOUTE LA JOURNÉE À RESSASSER SES ÉCHECS, ON NE FAIT RIEN DE BON.
JE TE DONNE TA JOURNÉE. C'EST SIXDI, IL DEVRAIT Y AVOIR PLEIN D'AUTRES GAMINS AVEC QUI FAIRE LES QUATRE CENTS COUPS.
TU AS BESOIN D'UNE PAUSE. VAS-Y.
TSSS.
CES GAMINS ! ON FAIT UNE FÊTE, ON LEUR DONNE UN MÉTIER ET, D'UN COUP, ILS SE CROIENT DES HOMMES. MAIS ILS ONT BEAU ESSAYER D'AGIR COMME TELS, CE NE SONT QUE DES ENFANTS.
À TRENTE ANS, UN MAGICIEN EST ENCORE JEUNE ET INEXPÉRIMENTÉ. DANS LES AUTRES MÉTIERS, C'EST L'ÂGE D'UN COMPAGNON OU D'UN MAÎTRE QUI PRÉPARE SOUVENT SON PROPRE FILS EN VUE DU CHOIX.

C'EST TOMAS!
CHOPE-LE!
RATÉ!
C'EST MA BALLE! VENEZ LA CHERCHER!

BLOQUEZ-LE!
JE L'AI...
NON... ATTENTION!
TROP LENT!

TOMAS! DERRIÈRE TOI!
QUE... ?!
PUG!
QU'EST-CE QUE... ATTENTION!

IL A RÉUSSI !
TOMAS MARQUE !
MERCI, PUG ! TOUJOURS AUSSI VIGILANT !
IL FAUT BIEN !
TFFF... REFAIS ÇA ET J'TE PÈTE LES JAMBES, P'TIT MERDEUX !
RULF...

DÉGAGE, NABOT !
AIDEZ-LE !
C'EST SON DÉFI.

JE PENSE QUE ÇA SUFFIT. TU NE CROIS PAS?
J'ADMIRE TON COURAGE, PETIT, MAIS JE NE PEUX PAS LAISSER LE MEILLEUR JEUNE MAGICIEN DU DUCHÉ SE FAIRE MASSACRER.
ARRÊTE DE TE TORTILLER. TU N'ES PAS SI AMOCHÉ QUE ÇA. TOUT CE SANG, C'EST SURTOUT CELUI DE RULF. DEMAIN, SON NEZ VA RESSEMBLER À UN GROS CHOU ROUGE.
MA TÊTE AUSSI.
MAIS NON. TU VAS AVOIR UN ŒIL AU BEURRE NOIR, PEUT-ÊTRE LES DEUX, PLUS UNE JOUE ENFLÉE. DANS L'ENSEMBLE, TU T'EN ES BIEN SORTI. MAIS LA PROCHAINE FOIS QUE TU VEUX TE BATTRE AVEC RULF, ATTENDS D'AVOIR GRANDI, D'ACCORD?

PEU APRÈS...
PAS FAIM?
ÇA ME FAIT TROP MAL. J'AURAIS DÛ GARDER MON CALME. JE M'EN SERAIS MIEUX SORTI.
MAÎTRE FANNON DIT QU'UN SOLDAT DOIT TOUJOURS GARDER LA TÊTE FROIDE.
KULGAN DIT UN PEU LA MÊME CHOSE. JE CONNAIS DES ASTUCES POUR ME DÉTENDRE. J'AURAIS DÛ LES UTILISER.
S'ENTRAÎNER DANS SA CHAMBRE EST UNE CHOSE. LES METTRE EN PRATIQUE QUAND ON SE FAIT INSULTER...
C'EN EST UNE AUTRE.
J'AURAIS FAIT PAREIL, J'IMAGINE.
MAIS TOI, T'AURAIS GAGNÉ.
SÛREMENT. C'EST POUR ÇA QUE RULF NE ME DÉFIERA JAMAIS.
COMMENT ÇA?
C'EST TOUJOURS PAREIL AVEC LES BRUTES. L'IMPORTANT, CE N'EST PAS DE SAVOIR SI TU PEUX LES BATTRE, C'EST D'OSER LEUR TENIR TÊTE.
RULF EST COSTAUD, MAIS C'EST UN LÂCHE SOUS SES DEHORS BRAVACHES. IL VA MAINTENANT S'EN PRENDRE AUX PLUS JEUNES.
JE NE CROIS PAS QU'IL S'EN PRENDRA ENCORE À TOI. ÇA LUI A COÛTÉ CHER.
TU LUI AS COLLÉ UN PREMIER COUP ÉNORME. EN PLEIN DANS LE PIF.
TU VAS MANGER ÇA?

NON, PRENDS-LA.
JE ME SUIS SENTI SI BÊTE.
TU ES GÊNÉ PARCE QUE RULF T'A FLANQUÉ UNE RACLÉE DEVANT LA PRINCESSE.
C'ÉTAIT PAS UNE RACLÉE. IL EN A REÇU AUTANT !
LÀ, JE LE SAVAIS! C'EST LA PRINCESSE.
PARCE QU'ELLE TE PLAÎT PAS, À TOI?
NOTRE DEMOISELLE CARLINE EST TRÈS JOLIE, MAIS JE CONNAIS MA PLACE. C'EST UNE AUTRE QUI M'ATTIRE.
NEALA, C'EST ÇA?
C'EST UN TRUC DE MAGICIEN. NON, JE RIGOLE. CHAQUE FOIS QUE TU LA VOIS, TU BOMBES LE TORSE ET TU TE PAVANES.
QU'EST-CE QU'ELLE DOIT PENSER?
QUI SAIT CE QUE PENSENT LES FILLES? ÇA DOIT LUI PLAIRE.
ÇA T'ARRIVE DE PENSER AU MARIAGE?
JE... J'Y AI JAMAIS SONGÉ. JE NE SAIS PAS SI LES MAGICIENS SE MARIENT.
MAÎTRE FANNON DIT QU'UN SOLDAT QUI PENSE À SA FAMILLE NE PENSE PAS À SON DEVOIR. MAIS J'ESSAIE PARFOIS D'IMAGINER CE QUE ÇA FAIT D'AVOIR UNE FAMILLE.
JE SUPPOSE QU'ON SE MARIERA ET QU'ON AURA DES ENFANTS, SI C'EST NOTRE DESTIN.
ÇA NE CHANGERA RIEN, TOMAS. ON RESTERA TOUJOURS AMIS.
JE L'ESPÈR BIEN.

JE VOIS QUE MON APPRENTI NE S'EST PAS TOURNÉ LES POUCES, HIER.
J'AI EU QUELQUES ENNUIS, MAÎTRE KULGAN.
LA BAGARRE EST L'APANAGE DES GARÇONS COMME DES ADULTES, MAIS J'ESPÈRE QUE L'AUTRE GAMIN A AUSSI MAUVAISE MINE. CE SERAIT BÊTE DE NE PAS AVOIR EU LE PLAISIR DE DONNER AUTANT QUE TU AS REÇU.
VOUS VOUS MOQUEZ DE MOI.
JUSTE UN PEU. JE ME SUIS PAS MAL BATTU DANS MA JEUNESSE, MOI AUSSI. MAIS FINI LE TEMPS DES BAGARRES D'ENFANT PUG. TU DOIS MIEUX UTILISER TON ÉNERGIE.
JE SAIS, MAIS J'AI ACCUMULÉ TANT DE FRUSTRATION DERNIÈREMENT QUE LORSQUE CET IDIOT DE RULF M'A INSULTÉ, J'AI EXPLOSÉ.
TU ASSUMES TA RESPONSABILITÉ, C'EST BIEN. ÇA PROUVE QUE TU DEVIENS UN HOMME.
LA PLUPART DES GARÇONS AURAIENT ESSAYÉ DE SE JUSTIFIER EN REJETANT LA FAUTE SUR L'AUTRE OU EN INVOQUANT L'HONNEUR.
JE CROIS QUE, DANS TON CAS, ON A PEUT-ÊTRE PRIS LE PROBLÈME DE TON ÉDUCATION À L'ENVERS.
SWOUF
C'EST PRATIQUE SI TU FUMES LA PIPE.
JE DONNERAI TOUT POUR ARRIVER À FAIRE AU MOINS ÇA.

PUG, LES TOUT PREMIERS MAGICIENS N'ONT PAS EU DE MAÎTRES. ILS ONT DÉVELOPPÉ DES POUVOIRS QUE NOUS UTILISONS ENCORE.
CERTAINS TALENTS, COMME SENTIR LES CHANGEMENTS DE CLIMAT OU TROUVER DE L'EAU AVEC UNE BAGUETTE, DATENT DE NOS TOUT DÉBUTS.
JE VAIS TE LAISSER CHERCHER PAR TES PROPRES MOYENS. FOUILLE À TA GUISE DANS MA BIBLIOTHÈQUE. CONTINU À APPRENDRE L'ART DES SCRIBES AVEC TULLY. POUR MA PART, JE NE TE DONNERAI PLUS DE LEÇONS PENDANT QUELQUE TEMPS.
BIEN ENTENDU, JE RÉPONDRAI À TOUT TES QUESTIONS. MAIS PO L'INSTANT, TU AS BESO DE FAIRE LE POINT.
C'EST SANS ESPOIR?
PAS DU TOUT.
CERTAINS MAGICIENS ONT AUSSI CONNU UN LENT DÉMARRAGE. TON APPRENTISSAGE DOIT DURER ENCORE NEUF ANS, N'OUBLIE PAS.
NE LAISSE PAS TES RÉCENTS ÉCHECS TE REBUTER.
AU FAIT, AIMERAIS-TU MONTER À CHEVAL?
OH, OUI! JE PEUX?
LE DUC AIMERAIT QU'UN GARÇON ACCOMPAGNE LA PRINCESSE DE TEMPS EN TEMPS QUAND ILS SONT TROP OCCUPÉS POUR SE PROMENER À CHEVAL AVEC ELLE. IL PENSE QUE TU ES UN BON CHOIX.
VA VOIR ALGON, LE MARÉCHAL-FERRANT. LE DUC LUI A DEMANDÉ DE COMMENCER TES LEÇONS AUJOURD'HUI MÊME.
POUR ACCOMPAGNER LA PRINCESSE?
OH, MERCI!

Magicien : Apprenti

CHAPITRE TROIS

TOI,
QUEL EST TON
MÉTIER?
JE... JE SUIS
L'APPRENTI DE
MAÎTRE KULGAN,
VOTRE ALTESSE.
OH... C'EST
DONC *TOI*.

ON VA S'ARRÊTER ICI.
EST-CE QUE TU ME TROUVES BELLE?
ALORS?
OUI, VOTRE ALTESSE.
TRÈS BELLE?
OUI, VOTRE ALTESSE. TRÈS BELLE.

CELA COMPTE BEAUCOUP POUR MOI, APPRENTI.
DAME MARNA DIT QUE JE DOIS ÊTRE LA PLUS BELLE DAME DU ROYAUME CAR UN JOUR JE DEVRAI TROUVER UN ÉPOUX PUISSANT ET SEULES LES PLUS BELLES PEUVENT SE PERMETTRE DE CHOISIR.
MES PRÉTENDANTS SERONT NOMBREUX CAR PÈRE EST TRÈS PUISSANT.
AS-TU BEAUCOUP D'AMIS?
OUI, VOTRE ALTESSE.
CE DOIT ÊTRE BIEN.
JE M'OCCUPE DU REPAS, APPRENTI. JE NE VEUX PAS QUE DES MAINS MALADROITES RENVERSENT LES VICTUAILLES.
EMMÈNE LES CHEVAUX À LA RIVIÈRE DERRIÈRE LA COLLINE. TU MANGERAS QUAND NOUS REPARTIRONS.
JE T'APPELLERAI **APRÈS** MON REPAS.

AAAAAAAAHHGH!
CARLINE!
SWIFF SWIFF SWIFF
POC

YARGHUHURH
HRURM!
RÉCUPÈRE LES CHEVAUX!
PUIS FAIS LE TOUR, ATTRAPE CARLINE ET...
OÙ SONT LES CHEVAUX?!

WHAHAHOHHHH!
SPLAATCHH
›GLOUPS!‹
SPLISH

AH!
HRAARGHHHHH

HUMFF !
CARLINE.
CARLINE !
> SNIFF <
PRINCESSE CARLINE !

PRINCESSE...
OH PUG !
OH... SNIF... SNIF... PUG...
TOUT VA BIEN. ILS SONT PARTIS.
C'EST FINI.
JE CROYAIS QU'ILS T'AVAIENT TUÉ ET QU'ILS REVENAIENT POUR MOI.

JE ME RÉJOUIS DE TE VOIR SAUF, APPRENTI.
TROUVE MON CHEVAL, QUE NOUS RENTRIONS AU CHÂTEAU.
DÉSOLÉ, VOTRE ALTESSE, MAIS LES CHEVAUX SE SONT ENFUIS. J'AI PEUR QU'ON DOIVE MARCHER.
MARCHER! JE REFUSE DE RENTRER À PIED.
ALORS RESTEZ LÀ JUSQU'À CE QU'ON REMARQUE VOTRE ABSEN ET QU'ON VIENNE VOUS CHERCHER.
IL FAUDRA SÛREMENT ATTENDRE LA NUIT.
NE ME PARLE PAS SUR CE TON, APPRENTI.
J'AI BIEN FAILLI ME FAIRE TUER POUR VOUS. M'AVEZ-VOUS REMERCIÉ? NON!
VOUS NE SAVEZ QUE GÉMIR ET REFUSER DE RENTRER À PIED.
JE NE SUIS PEUT-ÊTRE QU'UN APPRENTI, MAIS JE SUIS ASSEZ BIEN ÉLEVÉ POUR REMERCIER QUELQU'UN QUI LE MÉRITE.
RESTEZ LÀ SI ÇA VOUS CHANTE, MOI, JE M'EN VAIS...
PARDON, PUG...

MAIS TU AS L'AIR SI BÊTE OMME ÇA. ON DIRAIT E DE CES HORRIBLES TUES QU'ILS ÉRIGENT KRONDOR AVEC UNE BOUTEILLE À LA PLACE DE L'ÉPÉE.
C'EST MOI QUI SUIS DÉSOLÉ, ALTESSE.
JE N'AVAIS PAS LE DROIT DE VOUS CRIER DESSUS. EXCUSEZ-MOI.
NON, PUG, TU EN AVAIS TOUT À FAIT LE DROIT. JE TE DOIS LA VIE ET JE ME SUIS TRÈS MAL CONDUITE ENVERS TOI. MERCI.
EN SE PRESSANT, ON ARRIVERA PEUT-ÊTRE AVANT LA NUIT.
PUIS-JE AVOIR UN PEU DE PAIN AUSSI, PUG ?
LA PRINCESSE ! LA PRINCESSE CARLINE EST DE RETOUR !

COMMENT OSES-TU RAMENER LA PRINCESSE DANS UN TEL ÉTAT !
BOITEUSE, LA ROBE SALE ET DÉCHIRÉE.
JE VAIS TE FAIRE FOUETTER DEVANT TOUT LE CHÂTEAU.
QUAND J'EN AURAI FINI AVEC TOI, TU REGRETTERAS D'ÊTRE VENU AU MONDE.
LAISSEZ-LE !
IL A FAILLI SE FAIRE TUER POUR ME SAUVER LA VIE ! IL N'A RIEN FAIT DE MAL ET JE NE VOUS LAISSERAI PAS LE BRUTALISER.

VOUS N'AVEZ RIEN À FAIRE?
RACONTE, PETIT.
MA FILLE DIT DES CHOSES REMARQUABLES À TON SUJET.
J'AIMERAIS ENTENDRE TA VERSION.
EXCUSEZ-MOI. PARDON.
JE VOIS.
COMMENT SE FAIT-IL QUE LES TROLLS SE SOIENT NOYÉS, PUG?
JE LEUR AI LANCÉ UN SORT ET ILS N'ONT PAS PU REJOINDRE LA RIVE.
PUG, JE NE TE REMERCIERAI JAMAIS ASSEZ POUR CE SERVICE RENDU À MA FAMILLE. MAIS JE SAURAI RÉCOMPENSER TON COURAGE.
MERCI, PUG.

C'EST ABSOLUMENT INCROYABLE.
TU FERMES LES YEUX ET L'IMAGE D'UN PARCHEMIN QUE TU AS VU IL Y A DES SEMAINES APPARAÎT.
TU LANCES LE SORT COMME SI TU TENAIS LE PARCHEMIN DANS TA MAIN ET LES TROLLS TOMBENT.
ABSOLUMENT INCROYABLE.
PERSONNE N'AVAIT ENCORE JAMAIS ACCOMPLI ÇA. PUG, SAIS-TU CE QUE TU AS FAIT ?
SEULEMENT CE QUE J'AI DIT, KULGAN.
OUI, MAIS AS-TU UNE IDÉE DE CE QUE ÇA IMPLIQUE ?
NON.
MOI NON PLUS. JE NE SAIS DU TOUT CE QUE TOUT ÇA SIGNIFIE.
LES MAGICIENS NE LANCENT PAS LEURS SORTS DE TÊTE. LES PRÊTRES LE PEUVENT, MAIS ILS UTILISENT UNE MAGIE DIFFÉRENTE. TU TE SOUVIENS DE MA LEÇON SUR LES OBJETS DE TRANSFERT ?

QUICONQUE EMPLOIE LA MAGIE DOIT AVOIR UN OBJET DE TRANSFERT.
LES PRÊTRES CANALISENT LEUR MAGIE DANS LA PRIÈRE. NOUS UTILISONS NOTRE CORPS, DES OBJETS, OU DES TEXTES.
EXACT, MAIS TU VIENS JUSTE DE VIOLER CETTE LOI. LE CORPS NE PEUT ÊTRE UTILISÉ POUR LE SORT QUE TU AS LANCÉ.
IL A ÉTÉ CRÉÉ POUR INFLIGER DE GRANDES DOULEURS À QUELQU'UN. CE PEUT ÊTRE UNE ARME TERRIBLE. MAIS ON NE PEUT LE LANCER QU'EN LISANT, **SUR L'INSTANT,** SA RETRANSCRIPTION SUR UN PARCHEMIN.
CE DERNIER ÉTANT LUI-MÊME MAGIQUE.
VRAI. LE MAGICIEN PEUT AVOIR UN DON INNÉ, COMME SE TRANSFORMER EN ANIMAL. MAIS LES SORTS LANCÉS SUR UNE AUTRE CIBLE QUE LE CORPS NÉCESSITENT UN OBJET DE TRANSFERT EXTERNE.
EN LANÇANT CE SORT DE TÊTE, C'EST ***TOI*** QUI AURAIS DÛ AVOIR TRÈS MAL, PAS LES TROLLS, ET ENCORE, À CONDITION QUE ÇA MARCHE !
C'EST ***POUR ÇA*** QUE LES MAGICIENS ONT RECOURS AUX PARCHEMINS ET AUX OBJETS POUR CANALISER CETTE MAGIE EN DEHORS D'EUX. JUSQU'À AUJOURD'HUI, J'AURAIS JURÉ QUE PERSONNE NE POUVAIT LANCER CE SORT SANS TENIR LE PARCHEMIN.
C'EST COMME SI TU AVAIS DÉCOUVERT UNE NOUVELLE FORME DE MAGIE.
ABSOLUMENT INCROYABLE.

À TOUS NOS SUJETS...
ATTENDU QUE LE JEUNE PUG, DU CHÂTEAU DE CRYDEE, A FAIT PREUVE D'UN COURAGE EXEMPLAIRE EN RISQUANT SA VIE POUR DÉFENDRE LA ROYALE PERSONNE DE LA PRINCESSE CARLINE...
ATTENDU QUE NOUS NOUS CONSIDÉRONS ÉTERNELLEMENT REDEVABLES ENVERS LE JEUNE PUG DE CRYDEE, JE DÉSIRE QU'ON LE DÉCLARE PARTOUT DANS LE ROYAUME COMME NOTRE LOYAL ET BIEN-AIMÉ SERVITEUR ET QUE LUI SOIT DONNÉE UNE PLACE À LA COUR DE CRYDEE, AU RANG D'ÉCUYER, AVEC TOUS LES DROITS ET PRIVILÈGES AFFÉRENTS.
ÉCRIT ET SCELLÉ CE JOUR DE MA MAIN, BORRIC CONDOIN, TROISIÈME DUC DE CRYDEE, PRINCE DU ROYAUME, SEIGNEUR DE CRYDEE, CARSE ET TULAN, PROTECTEUR DE L'OUEST, GÉNÉRAL DES ARMÉES DU ROI, HÉRITIER PRÉSOMPTIF AU TRÔNE DE RILLANON.

JE SUIS HONORÉ, VOTRE RÂCE. JE NE SAIS QUOI DIRE.
ALORS NE DIS RIEN, PUG.
ÇA TE DONNE L'AIR SAGE QUAND TOUT LE MONDE S'AGITE.
LAISSEZ-NOUS À PRÉSENT. JE DÉSIRE PARLER À L'ÉCUYER.
TOI AUSSI, MON ENFANT.
NE FAIS PAS ATTENTION À L'ÉCUYER ROLAND, PUG. MA FILLE L'A COMPLÈTEMENT ENVOÛTÉ. IL SE CROIT AMOUREUX D'ELLE ET COMPTE UN JOUR ME DEMANDER SA MAIN.
MAIS IL DEVRA PROUVER QU'IL EST PLUS QU'UN COUREUR S'IL VEUT OBTENIR MON ACCORD.
PASSONS À AUTRE CHOSE. MA FAMILLE COMPTE PARMI LES PLUS ANCIENNES DU ROYAUME. JE DESCENDS D'UN ROI, CAR MON GRAND-PÈRE, LE PREMIER DUC DE CRYDEE, ÉTAIT LE TROISIÈME FILS DU ROI.
NOUS SOMMES TRÈS À CHEVAL SUR LE DEVOIR ET L'HONNEUR.
TE VOICI MEMBRE DE MA COUR ET APPRENTI DE KULGAN. C'EST À LUI QUE TU EN RÉPONDRAS QUESTION DE VOIR. MAIS, POUR L'HONNEUR, TU AURAS AFFAIRE À MOI.
CES TROPHÉES ET CES BANNIÈRES ATTESTENT DE NOS TRIOMPHES. QUE NOUS AYONS REPOUSSÉ LES PIRATES OU RÉSISTÉ AUX ASSAUTS INCESSANTS DE LA CONFRÉRIE DES TÉNÈBRES, NOUS AVONS TOUJOURS COMBATTU AVEC BRAVOURE. NOTRE GLORIEUX HÉRITAGE N'A JAMAIS ÉTÉ ENTACHÉ PAR LE DÉSHONNEUR.
NUL MEMBRE DE NOTRE COUR N'A JAMAIS JETÉ L'OPPROBRE SUR ELLE. J'EN ATTENDS AUTANT DE TOI.

LES SEMAINES PASSENT. L'ÉTÉ FAIT PLACE À L'AUTOMNE...
PUG ! VIENS À LA FENÊTRE SI TU ES LÀ !
SALUT, TOMAS ! QUE SE PASSE-T-IL ?
UN NAVIRE A COULÉ CETTE NUIT ! L'ÉPAVE S'EST ÉCHOUÉE SOUS LES FALAISES DE LA DÉSOLATION. VIENS VOIR !
A-T-ON PRÉVENU QUELQU'UN À LA COUR ?
TU EN FAIS PARTIE À PRÉSENT. VIENS, TU EN PRENDRA POSSESSION POUR LE DUC.

... ET SI ON TROUVE UNE OU DEUX BABIOLES, QUI LE SAURA?
MOI. JE NE PEUX PAS AGIR POUR LE DUC ET ENSUITE PRENDRE QUELQUE CHOSE POUR MOI...
... NI LAISSER L'UN DE SES SOLDATS LE FAIRE.
CE NAVIRE N'EST PAS JUSTE ÉCHOUÉ SUR LES ROCHERS. MAIS JE NE COMPRENDS PAS. IL N'Y A PAS EU DE TEMPÊTE. COMMENT PEUT-IL ÊTRE AUSSI ABÎMÉ?
JE NE SAIS PAS. REGARDE L'IMAGE PEINTE SUR LA PROUE.

DES CORPS !
CE N'EST PAS UN NAVIRE DU ROYAUME, C'EST SÛR. PEUT-ÊTRE DE QUEG ?
NON. ÇA NE RESSEMBLE PAS À QUEG NI AUX CITÉS LIBRES. JE NE CROIS PAS QU'UN TEL NAVIRE SOIT DÉJÀ PASSÉ PAR ICI.
ATTENTION, PUG. IL Y A UN TRUC BIZARRE ICI. JE LE SENS MAL.
ET LA MARÉE MONTE. ELLE VA SOULEVER L'ÉPAVE ET LA FRACASSER SUR LES ROCHERS. TOUT SERA PERDU !
REGARDE PARTOUT. RÉCUPÈRE CE QUI A DE LA VALEUR ET LANCE-LE SUR LA CORNICHE.

LA MARÉE SOULÈVE L'ÉPAVE. IL FAUT Y ALLER.
UN INSTANT. JE SENS QUELQUE CHOSE...
BON SANG, PUG ! LE NAVIRE VA SE BRISER !
QUELQUE CHOSE ICI...
ÇA...
VIENS.
CRAKAKAKK

KRRRATTCHHH
J'AI PERDU MON ÉPÉE...
KRTCH
MAÎTRE FANNON VA ME TUER !
CHKAAKKROUMM
TOMAS !

Magicien : Apprenti

CHAPITRE QUATRE

TOMAS! ATTENTION!
MAIS C'EST QUI, LUI?

TU ES L'UN DES SOLDATS DU DUC... INTERVIENS.
TU ES L'APPRENTI DU MAGICIEN... TOI, INTERVIENS.

YAAH!
HÉ LÀ! VOUS, SUR LA PLAGE!
VOUS, SUR LA PLAGE! HALTE!
NON!

PLUS TARD, À CRYDEE...
DE TOUTE ÉVIDENCE, CES GENS NOUS SONT COMPLÈTEMENT INCONNUS...
NOTRE MAÎTRE POTIER N'A JAMAIS VU DE BOL COMME CELUI-LÀ.
AU DÉBUT, IL A CRU QUE C'ÉTAIT DE LA TERRE CUITE VERNIE, MAIS UN EXAMEN PLUS POUSSÉ LUI A MONTRÉ QU'IL AVAIT TORT.
IL EST FAIT DE BANDES D'UNE ESPÈCE DE CUIR ENROULÉES AUTOUR D'UN MOULE – PEUT-ÊTRE DU BOIS – PUIS LAMINÉES AVEC UNE SORTE DE RÉSINE.
C'EST BIEN PLUS SOLIDE QUE CE QUE NOUS CONNAISSONS.
TCHTHOK

ENCORE PLUS ÉTONNANT, CES ARMES ET CETTE ARMURE. ELLES SEMBLENT FABRIQUÉES AVEC LE MÊME MATÉRIAU.
IL EST LÉGER MAIS PRESQUE AUSSI SOLIDE QUE NOTRE MEILLEUR ACIER.
TCHAK
MALGRÉ MON ÂGE, JE N'AI JAMAIS ENTENDU PARLER D'UN NAVIRE PAREIL SUR NOS MERS, NI MÊME VENANT DE KESH LA GRANDE.
JE POURRAIS DEMANDER AU TEMPLE D'ISHAP À KRONDOR. PEUT-ÊTRE ONT-ILS CONNAISSANCE DE CE PEUPLE.
FAITES, JE VOUS PRIE. IL FAUT ÉGALEMENT PRÉVENIR LES ELFES ET LES NAINS. ILS VIVAIENT ICI BIEN AVANT NOUS. NOUS FERIONS BIEN DE LES CONSULTER.

SI CES GENS VIVENT DE L'AUTRE CÔTÉ DE LA MER SANS FIN, LA REINE AGLARANNA A PEUT-ÊTRE ENTENDU PARLER D'EUX.
PEUT-ÊTRE ONT-ILS DÉJÀ ABORDÉ CES CÔTES.
ON RACONTE QU'IL EXISTE D'AUTRES TERRES AU-DELÀ DE LA MER SANS FIN. MAIS NOS NAVIRES NE SONT PAS CAPABLES DE FAIRE UN SI LONG VOYAGE.
D'ACCORD, KULGAN, MAIS CE QUE VOTRE APPRENTI NOUS A DÉCRIT EST UN NAVIRE DE GUERRE.. LA LOURDE PROUE ET L'ABSENCE DE BEAUPRÉ SERVENT À ÉPERONNER ET LE PONT AVANT SURÉLEVÉ EST IDÉAL POUR DES ARCHERS.
VRAIMENT ?
ÉVIDEMMENT, NIGAUD. REGARDEZ L'ARME DE NOTRE INVITÉ.
VOUS AIMERIEZ CHARGER UN ENNEMI LA BRANDISSANT ? ELLE ABATTRAIT VOTRE CHEVAL SOUS VOS JAMBES.
CETTE ARMURE EST LÉGÈRE ET PARFAITEMENT EFFICACE MALGRÉ SES COULEURS CRIARDES. CE PEUPLE COMPTE DE PUISSANTS GUERRIERS.
L'HOMME AVAIT UN LONG ÉCLAT DE BOIS DANS LE FLANC DROIT ET A REÇU UN COUP SUR LA TÊTE. IL A UNE FORTE FIÈVRE ET A PERDU ÉNORMÉMENT DE SANG.
IL RISQUE DE MOURIR. IL ME FAUDRA PEUT-ÊTRE RECOURIR À UN *CONTACT MENTAL*, À CONDITION QU'IL SE RÉVEILLE.

J'AI FAIT UN EXAMEN PRÉLIMINAIRE. NUL DOUTE QU'IL A DES PROPRIÉTÉS MAGIQUES. C'EST ÇA, JE CROIS, QUI A ATTIRÉ PUG.
MAIS JE PRÉFÈRE NE PAS BRISER LE SCEAU SANS VOIR S'IL EST ENCHANTÉ. C'EST DANGEREUX DE NE PAS AGIR AVEC PRÉCAUTION.
LEVONS LA SÉANCE. NOUS REPRENDRONS DÈS QUE NOUS AURONS DU NOUVEAU SUR LE PARCHEMIN OU LE BLESSÉ. VEILLEZ SUR L'ÉTRANGER, TULLY. S'IL SE RÉVEILLE, UTILISEZ VOTRE ART POUR GLANER CE QUE VOUS POUVEZ.
ET PRÉVENEZ LA REINE DES ELFES ET LES NAINS DES MONTS DE PIERRE ET DES TOURS GRISES. DEMANDEZ-LEUR CONSEIL.
ON A MIS LE DOIGT SUR QUELQUE CHOSE.
ON A JUSTE TROUVÉ CET HOMME LES PREMIERS.
ÇA AURAIT PU ARRIVER À D'AUTRES.
SI ÇA TOURNE MAL, ESPÉRONS QU'ILS S'EN RAPPELLERONT.
MAINTENANT, VIENS... ALLONS CHERCHER À MANGER.

J'AIMERAIS PARLER À L'ÉCUYER PUG EN PRIVÉ.
OH, VIENS T'ASSEOIR. LES RÉVÉRENCES ME FATIGUENT, ROLAND EN FAIT DÉJÀ BIEN ASSEZ.
JE NE T'AI PAS VU DEPUIS PLUS D'UNE SEMAINE.
JE SUIS TRÈS PRIS PAR MES ÉTUDES.
PFF! TU PASSES TROP DE TEMPS DANS CETTE HORRIBLE TOUR.
J'AIMERAIS BIEN. MAIS J'AI PEUR QUE DAME MARNA S'Y OPPOSE.
ELLE DIT QUE LES ROTURIERS DEVRAIENT RESTER À LEUR PLACE.
MAINTENANT QUE TU ES UN COURTISAN, ELLE PENSE QUE TU AS DES AMBITIONS.
DES AMBITIONS?
ELLE CROIT QUE TU CHERCHES À T'ÉLEVER ENCORE PLUS HAUT ET QUE TU VEUX M'INFLUENCER DANS CERTAINS DOMAINES.

OH... OH! VOTRE ALTESSE !
JE NE FERAIS JAMAIS ÇA. ENFIN, JE N'AURAIS JAMAIS L'IDÉE DE... ENFIN...
LES GARÇONS, QUELS IDIOTS !
LE DUC VEUT NOUS VOIR. L'HOMME DU NAVIRE EST MORT.

IL A REPRIS CONSCIENCE QUELQUES MINUTES SEULEMENT, UN DERNIER SURSAUT AVANT LA FIN... J'AI PU ÉTABLIR UN CONTACT MENTAL AVEC LUI.
JE SUIS RESTÉ JUSQU'À SES DERNIERS RÊVES ENFIÉVRÉS...
... POUR EN APPRENDRE LE PLUS POSSIBLE. J'AI FAILLI NE PAS ROMPRE LE CONTAC À TEMPS.
SI LA FIÈVRE N'EST POUR RIEN DANS LES RÊVES DE CE MOURANT, JE CRAINS QUE SON ARRIVÉE LAISSE PRÉSAGER DE GRAVES ÉVÉNEMENTS.

CET HOMME S'APPELAIT XOMICH.
IL ÉTAIT SIMPLE SOLDAT DE LA NATION D'HONSHONI.
QUI FAIT PARTIE DE L'EMPIRE DE TSURANUANNI.
JE NE CONNAIS PAS CETTE NATION, NI CET EMPIRE.
LE CONTRAIRE M'AURAIT SURPRIS. LE NAVIRE DE CET HOMME NE VENAIT PAS DE MIDKEMIA.

"ON NE PEUT QUE SPÉCULER SUR CET EXPLOIT, MAIS JE SUIS CERTAIN QUE CE NAVIRE VIENT D'UN AUTRE MONDE, SÉPARÉ DU NÔTRE DANS L'ESPACE ET DANS LE TEMPS.
CET HOMME BRÛLAIT DE FIÈVRE ET SON ESPRIT VAGABONDAIT...
IL APPARTENAIT À LA GARDE D'HONNEUR D'UN HOMME QU'IL NOMMAIT '*TRÈS-PUISSANT*'.
IL Y AVAIT DES IMAGES CONTRADICTOIRES, ALORS JE N'EN SUIS PAS TRÈS SÛR, MAIS IL SEMBLE QUE CE VOYAGE LUI PARAISSAIT ÉTRANGE, DE PAR LA PRÉSENCE DE CE TRÈS-PUISSANT ET LA NATURE DE LA MISSION.
SA SEULE PENSÉE CONCRÈTE, C'EST QUE CE TRÈS-PUISSANT N'AVAIT PAS BESOIN DE VOYAGER EN BATEAU.

JE N'AI PERÇU ENSUITE QUE DES IMPRESSIONS RAPIDES ET DÉCOUSUES. UNE TERRIBLE TEMPÊTE... UN ÉCLAT AVEUGLANT, PEUT-ÊTRE LA FOUDRE, MAIS JE NE LE PENSE PAS.
IL A EU UNE PENSÉE POUR SON CAPITAINE...
SES CAMARADES..."

... PUIS L'IMPACT SUR LES ROCHERS.
JE NE SUIS PAS SÛR DE L'ORDRE DES IMAGES, CAR JE CROIS QUE L'ÉQUIPAGE A ÉTÉ PERDU AVANT LA LUMIÈRE AVEUGLANTE.
CE *XOMICH* A GRANDI DANS UN PAYS DIRIGÉ PAR DE GRANDES ARMÉES. C'EST UNE RACE DE GUERRIERS DONT LES NAVIRES CONTRÔLENT LES MERS. ***MAIS LESQUELLES?***
JAMAIS, À MA CONNAISSANCE, IL N'A ÉTÉ FAIT MENTION D'UN CONTACT AVEC CES GENS...

"IL Y A D'AUTRES VISIONS... DES CITÉS PLUS VASTES QUE CELLES AU CŒUR DE KESH – LES PLUS GRANDES QUE NOUS CONNAISSIONS...
DES ARMÉES DÉFILANT DEVANT UNE TRIBUNE : DES GARNISONS ABRITANT PLUS DE SOLDATS QUE L'ARMÉE ROYALE DE L'OUEST...
ET IL Y A PLUS, BEAUCOUP PLUS... JE L'AI SUIVI DANS SES RÊVES, LA PLUPART SUR SA TERRE NATALE.
DES CRÉATURES COMME ON N'EN A JAMAIS VU, DES CHOSES À SIX PATTES TIRANT DES CHARIOTS COMME DES BŒUFS ET DES INSECTES OU DES REPTILES QUI PARLENT COMME DES HOMMES.
CE *XOMICH* N'ÉTAIT PAS DE NOTRE MONDE."

COMMENT SONT-ILS ARRIVÉS ICI?
KULGAN AURA PEUT-ÊTRE UNE MEILLEURE THÉORIE, MAIS CE NAVIRE A DÛ CHAVIRER DANS UNE TEMPÊTE. EN DERNIER RECOURS, CE TRÈS-PUISSANT A LANCÉ UN SORT QUI LES A PROJETÉS DANS NOTRE MONDE.
ILS SONT APPARUS AU LARGE DES FALAISES DE LA DÉSOLATION ET SE SONT JETÉS DROIT SUR LES RÉCIFS.
D'UN AUTRE MONDE. COMMENTÇA?
JE NE PEUX QUE SPÉCULER. LES PRÊTRES ISHAPIENS ONT DANS LEURS TEMPLES DES PARCHEMINS QUI DATERAIENT DES *GUERRES DU CHAOS*. ON Y MENTIONNE D'AUTRES "*NIVEAUX*" ET "*DIMENSIONS*", DES CONCEPTS OUBLIÉS...
SI JE N'AVAIS PAS REGARDÉ DANS L'ESPRIT DE *XOMICH*, JE N'AURAIS JAMAIS ACCEPTÉ UNE EXPLICATION PAREILLE. MAIS MAINTENANT...

SI CES GENS, LES *TSURANI* COMME ILS DISENT, SAVENT QUE NOUS SOMMES LÀ...
... ET S'ILS PEUVENT NOUS ATTEINDRE, NOUS SOMMES FACE À UNE MAGIE BIEN PLUS GRANDE QUE LA NÔTRE.
VOUS AVIEZ RAISON, CELA PRÉSAGE D'UNE GRAVE SITUATION.
SI UN GRAND EMPIRE VENAIT À S'INTÉRESSER À CRYDEE ET AU ROYAUME...
PUISQUE CE *XOMICH* ÉTAIT SI PUISSANT, POURQUOI CETTE TERREUR EN NOUS VOYANT ?
IL N'AVAIT JAMAIS VU DE CHEVAL.
IL VOUS A PRIS POUR DES *THÛNS*, DES ESPÈCES DE CENTAURES QUE LES TSURANI REDOUTENT.
IL NOUS FAUT L'AVIS DE KULGAN SUR CETTE AFFAIRE...
ÉCUYER PUG, ALLEZ VOIR SI VOTRE MAÎTRE EST DISPONIBLE.

PUG, UN MOT !
DÉSOLÉ, ROLAND ! JE SUIS EN MISSION !
MAÎTRE KULGAN !
MAÎTRE...
QUELQUE CHOSE NE VA PAS...

VOUS DEUX, SUIVEZ-MOI! MON MAÎTRE A DES ENNUIS!
DÉFONCEZ-LA!
CRAAASH
KULGAN?

THUK

FWOUUSHT
VITE, LE PÈRE TULLY !

Magicien : Apprenti

CHAPITRE CINQ

Crydee, le château.
KRAKA-KA-BOUUUM
JE SUPPOSE QUE CES TSURANI SONT EN ROUTE.
RA-OUUM
ON N'EN SAIT RIEN, TOMAS.
C'EST JUSTE UNE IMPRESSION, PUG.

NOUS SERONS FIXÉS QUAND KULGAN NOUS DIRA CE QUI S'EST PASSÉ.
L'AMBIANCE N'A JAMAIS ÉTÉ AUSSI BIZARRE PAR ICI, MÊME LORS DE L'ATTAQUE DES FRÈRES DES TÉNÈBRES ET DES GOBELINS. ON ÉTAIT PETITS, TU TE SOUVIENS?
À L'ÉPOQUE, ON SAVAIT À QUI ON AVAIT AFFAIRE. LES ELFES NOIRS ONT TOUJOURS ÉTÉ AGRESSIFS ET LES GOBELINS... EH BIEN, CE SONT DES GOBELINS.
DEBOUT SI TARD? VOUS DEVRIEZ ÊTRE AU LIT.
MAÎTRE FANNON!
ON N'A PAS SOMMEIL.
NOMBRE D'ENTRE NOUS N'ARRIVERONT PAS À DORMIR CETTE NUIT.
MAIS UN SOLDAT SE DOIT DE DORMIR CHAQUE FOIS QU'IL LE PEUT, TOMAS, CAR IL EST SOUVENT PRIVÉ DE SOMMEIL. ÇA VAUT POUR VOUS AUSSI, ÉCUYER PUG. MAIS PUISQUE VOUS ÊTES LÀ TOUS LES DEUX, AUTANT VOUS ANNONCER LA NOUVELLE...
MAÎTRE KULGAN EST RÉVEILLÉ.

JE TE DIS QUE ÇA VA, TULLY. LAISSE-MOI FAIRE QUELQUES PAS ET JE ME **REMETTRAI** EN UN RIEN DE TEMPS. AIDEZ-MOI, VOTRE GRÂCE, PAR PITIÉ !
TU VAS TE REMETTRE AU LIT, OUI ! TU AS REÇU UN SACRÉ CHOC, KULGAN. CELUI QUI T'A ASSOMMÉ N'Y EST PAS ALLÉ DE MAIN MORTE. TU AS EU DE LA CHANCE, ÇA AURAIT PU ÊTRE BIEN PIRE.
VOILÀ DE LA VISITE, KULGAN.
AH, PUG. VIENS, ENTRE.
J'AI CRU COMPRENDRE QUE, SANS TOI, J'AURAIS FAIT UN VOYAGE IMPROMPTU AVEC DES INCONNUS.
CE N'EST RIEN, MAÎTRE. J'AI SENTI QUE QUELQUE CHOSE N'ALLAIT PAS ET J'AI RÉAGI.
VITE ET BIEN, QUI PLUS EST.
CE GARÇON A ENCORE SAUVÉ LA VIE D'UN MEMBRE DE MA MAISON. À CE RYTHME-LÀ, JE VAIS DEVOIR LUI DÉCERNER LE TITRE DE **DÉFENSEUR DE LA MAISON DUCALE**.
NOUS N'AVONS PLUS BESOIN DE VOS SERVICES, MON PÈRE. AU NOM DU MAÎTRE MAGICIEN, JE VOUS REMERCIE. PUISQUE VOUS VOILÀ PLEIN D'ÉNERGIE, MAÎTRE KULGAN, NOUS DEVRIONS PARLER. VOUS SENTEZ-VOUS EN ÉTAT ?
BIEN SÛR, DUC BORRIC. C'EST CE QUE J'ESSAIE DE VOUS FAIRE COMPRENDRE DEPUIS DIX MINUTES.
TU PEUX TRÈS BIEN DISCUTER ICI. JE T'AI DIT DE GARDER LE LIT.
D'ACCORD, MAIS DONNE-MOI MA PIPE, VEUX-TU ?
VOYONS, PAR OÙ COMMENCER ?

... C'EST TOUT CE QUE NOUS SAVONS POUR LE MOMENT.
MAINTENANT, PARLE-NOUS DE CE QUI T'EST ARRIVÉ CE SOIR. DE QUOI TE SOUVIENS-TU?
TU AS SANS DOUTE RAISON, CES GENS NE VIENNENT PAS DE NOTRE MONDE.
JE M'EN SUIS DOUTÉ DÈS QUE J'AI VU LES OBJETS RAPPORTÉS DU NAVIRE. CE NOUVEL INCIDENT RENFORCE CETTE THÉORIE.
LE PARCHEMIN ÉTAIT UNE LETTRE PERSONNELLE D'UN MAGICIEN TSURANI À SA FEMME. MAIS LE SCEAU ÉTAIT IMPRÉGNÉ DE MAGIE POUR OBLIGER LE LECTEUR À LANCER UN SORT CACHÉ À LA FIN DU MESSAGE...
"IL S'AGISSAIT BIEN SÛR D'UNE LANGUE ÉTRANGÈRE, ALORS J'AI UTILISÉ UN SORT DE TRADUCTION. CEPENDANT, JE N'AI PAS RÉUSSI À COMPRENDRE TOUS LES POINTS ABORDÉS...
LE MAGICIEN, DU NOM DE *FANATHA*, VOYAGEAIT EN BATEAU QUAND CELUI-CI FUT PRIS DANS UNE VIOLENTE TEMPÊTE. LE MÂT SE BRISA ET NOMBRE DE MARINS PASSÈRENT PAR-DESSUS BORD. LE MAGICIEN ÉCRIVIT LA LETTRE ET LA SCELLA PAR MAGIE...
APPAREMMENT, IL AURAIT PU QUITTER LE NAVIRE À TOUT MOMENT ET RENTRER CHEZ LUI OU DANS UN AUTRE ENDROIT SÛR, MAIS SON INQUIÉTUDE POUR LE NAVIRE ET SA CARGAISON LE RETENAIT...

JE N'EN SUIS PAS TRÈS SÛR... MAIS LE TON DE LA LETTRE SUGGÈRE QUE LE FAIT DE RISQUER SA VIE POUR LES AUTRES PASSAGERS ÉTAIT INHABITUEL...
IL ÉTAIT AUX ORDRES D'UN '*SEIGNEUR DE GUERRE*'. JE PENSE QU'IL S'AGISSAIT D'UNE QUESTION D'HONNEUR OU D'UNE PROMESSE ET NON D'UNE OBLIGATION PERSONNELLE. EN TOUT CAS, IL ÉCRIVIT LA LETTRE, LA SCELLA ET ENTREPRIT DE DÉPLACER LE NAVIRE PAR MAGIE."
INCROYABLE.
ET TELLE QUE NOUS VOYONS LA MAGIE... IMPOSSIBLE.
"CES GENS POSSÈDENT DES POUVOIRS INSOUPÇONNÉS. LE MAGICIEN A ÉTÉ TRÈS CLAIR SUR UN CERTAIN NOMBRE DE POINTS - TANT D'IDÉES DANS UN MESSAGE AUSSI COURT DÉMONTRENT UN ESPRIT À L'ORGANISATION RARE...
IL A PRIS GRAND SOIN D'ASSURER À SA FEMME QU'IL FERAIT TOUT POUR RENTRER. IL A PARLÉ D'OUVRIR UNE FAILLE VERS LE '*NOUVEAU MONDE*' PARCE QUE - ET JE NE COMPRENDS PAS TRÈS BIEN CECI - UN **PONT** AVAIT DÉJÀ ÉTÉ CRÉÉ...

UN OBJET EN SA POSSESSION N'AVAIT PAS LE POUVOIR DE DÉPLACER LE NAVIRE DANS SON PROPRE MONDE. VISIBLEMENT, C'ÉTAIT UN PARI DÉSESPÉRÉ...
IL A PLACÉ UN SECOND SORT SUR LE PARCHEMIN ET C'EST CELUI-LÀ QUI M'A PIÉGÉ. J'AVAIS CRU QU'EN NEUTRALISANT LE PREMIER, JE CONTRERAIS AUSSI LE SECOND, MAIS J'AVAIS TORT. CE SORTILÈGE ÉTAIT DESTINÉ À S'ACTIVER DÈS QUE QUELQU'UN AURAIT FINI DE LIRE LA LETTRE À VOIX HAUTE...
IL A OUVERT UNE AUTRE FAILLE POUR TRANSPORTER LE MESSAGE EN UN LIEU NOMMÉ 'L'ASSEMBLÉE', QUI LE REMETTRAIT ENSUITE À SA FEMME. J'AI BIEN FAILLI TRAVERSER LA FAILLE AVEC LE MESSAGE..."
CE DEVAIT ÊTRE LES MAINS DE SES AMIS ESSAYANT DE LE TROUVER.
POSSIBLE. LEURS POUVOIRS MAGIQUES NOUS DÉPASSENT. NOUS CONNAISSONS L'EXISTENCE DES FAILLES, MAIS NOUS NE SAVONS RIEN DE LEUR NATURE. LA MAGIE EST PAR ESSENCE INSTABLE. PARFOIS, UN SORTILÈGE SE DISTORD À TEL POINT QU'IL DÉCHIRE LA TRAME DU MONDE. UN BREF INSTANT, UNE FAILLE APPARAÎT, FORMANT UN PASSAGE, VERS... *AILLEURS*. ON NE SAIT PAS GRAND-CHOSE À CE SUJET, SAUF QUE LES ÉNERGIES MISES EN JEU SONT CONSIDÉRABLES.
IL EXISTE DES THÉORIES, MAIS PERSONNE NE SAIT POURQUOI IL ARRIVE QU'UN SORT OU UN OBJET MAGIQUE EXPLOSE BRUSQUEMENT NI POURQUOI IL SE CRÉE UNE INSTABILITÉ DANS LA RÉALITÉ.

EN FAIT, J'AURAIS DÛ MOURIR QUAND CETTE FAILLE EST APPARUE DANS MON BUREAU.
D'APRÈS VOTRE RÉCIT, CES **FAILLES**, COMME VOUS DITES, SONT DANGEREUSES.
ET IMPRÉVISIBLES AUSSI. C'EST L'UNE DES FORCES LES PLUS INCONTRÔLABLES JAMAIS DÉCOUVERTES.
SI CES GENS PEUVENT CRÉER DES FAILLES POUR LEUR SERVIR DE PORTE ENTRE LES MONDES ET LES CONTRÔLER POUR LES FRANCHIR SANS RISQUE, ALORS ILS POSSÈDENT DE TRÈS GRANDS POUVOIRS.
NOUS AVIONS QUELQUES SOUPÇONS SUR LA NATURE DES FAILLES, MAIS C'EST LA PREMIÈRE FOIS QUE NOUS DISPOSONS D'UN DÉBUT DE PREUVE.
BAH! D'ÉTRANGES PERSONNES ET DES OBJETS INCONNUS APPARAISSENT DE TEMPS À AUTRE AU FIL DES ANS, TULLY. CELA EXPLIQUERAIT SANS DOUTE D'OÙ ILS VIENNENT.
DIEUX! UNE NATION DE GUERRIERS AVEC DES ARMÉES BIEN PLUS GRANDES QUE LES NÔTRES QUI PEUT ACCÉDER À NOTRE MONDE À SA GUISE. ESPÉRONS QU'ELLE N'A PAS DES VUES SUR LE ROYAUME.
CE N'EST PEUT-ÊTRE RIEN, MAIS LA RÉFÉRENCE À UN **PONT** DANS LA LETTRE ME TROUBLE.
JE CRAINS L'EXISTENCE D'UN PASSAGE PERMANENT ENTRE LES DEUX MONDES. J'ESPÈRE QUE J'AI TORT.
PARDON, VOTRE GRÂCE. **DAME AGLARANNA** VOUS FAIT DIRE QU'ELLE EST EN ROUTE ET QU'ELLE SERA LÀ DANS DEUX JOURS.
DE TOUTE MA LONGUE VIE, JE N'AI JAMAIS VU LA REINE DES ELFES QUITTER ELVANDAR. VOILÀ QUI ME GLACE LE SANG.
LA SITUATION DOIT ÊTRE GRAVE POUR QU'ELLE SE DÉPLACE. J'ESPÈRE ME TROMPER...
... MAIS JE CROIS QUE NOUS NE SOMMES PAS LES SEULS À CONNAÎTRE LES TSURANI.

MALGRÉ CE TEMPS LUGUBRE, FANTUS... C'EST LE JOUR DE L'ARRIVÉE DES ELFES.
DANS QUELQUES HEURES, TU POURRAS CONTEMPLER LES ELFES À LOISIR, PETIT, AU DÉTRIMENT DE TES ÉTUDES. TU DOIS APPRENDRE À GÉRER LE TEMPS DONT TU DISPOSES.
MAIS ON RETROUVE ICI LA MÊME CONTRADICTION MAGIQUE.
LE MAGE LEWTON UTILISE ICI LE MÊME ARTIFICE QUE MARSUS POUR PROTÉGER LE LANCEUR EN DÉTOURNANT LES EFFETS DE SON SORT SUR UNE CIBLE EXTERNE.
MAIS LÀ, DORCAS ÉCRIT QUE L'EMPLOI DE CET ARTIFICE AFFAIBLIT LE SORT ET AUGMENTE LES RISQUES D'ÉCHEC. COMMENT PEUT-IL EXISTER TANT DE CONTRADICTIONS SUR LA NATURE D'UNE SEULE INCANTATION?
LA MAGIE EST UN ENSEMBLE DE PRATIQUES ET DE TECHNIQUES POPULAIRES QUI SE TRANSMETTENT DE MAGE À APPRENTI DEPUIS LA NUIT DES TEMPS. NOTRE ART NOUS INSPIRE DE LA FIERTÉ, MAIS L'ORDRE ET LA SCIENCE N'Y SONT PAS POUR GRAND-CHOSE.
CHACUN DE NOUS EST COMME UN MENUISIER QUI, POUR FAIRE SA TABLE, CHOISIT UN BOIS DIFFÉRENT. CERTAINS UTILISENT DES CHEVILLES, D'AUTRES DES CLOUS... ON OBTIENT UNE TABLE, MAIS JAMAIS DE LA MÊME FAÇON.
NOUS AVONS SÛREMENT LÀ UN APERÇU DES LIMITES DE TOUS CES VÉNÉRABLES SAGES QUE TU ÉTUDIES, PLUTÔT QU'UNE ESPÈCE DE RECETTE MAGIQUE. POUR LEWTON ET MARSUS, L'ARTIFICE AIDAIT À LA CONSTRUCTION DU SORTILÈGE. POUR DORCAS, IL LE GÊNAIT.

JE COMPRENDS VOTRE EXEMPLE, MAIS JE NE COMPRENDRAI JAMAIS COMMENT ILS SONT TOUS PARVENUS AU MÊME RÉSULTAT AVEC DES MÉTHODES AUSSI DIFFÉRENTES. IL MANQUE QUELQUE CHOSE.
QUOI DONC, PUG?
JE... JE NE SAIS PAS. C'EST COMME SI JE M'ATTENDAIS À TROUVER QUELQUE CHOSE QUI ME DISE : "C'EST COMME ÇA QUE ÇA DOIT ÊTRE FAIT ET PAS AUTREMENT." VOUS ME COMPRENEZ ?
TU AS UN ESPRIT TRÈS ORDONNÉ. TU COMPRENDS LA LOGIQUE PARCE QUE TU VOIS LES CHOSES SOUS FORME DE SYSTÈMES ET NON COMME UNE SÉRIE D'ÉVÉNEMENTS ALÉATOIRES. C'EST PEUT-ÊTRE UNE DES CLÉS DE TON PROBLÈME.
CE QUE JE FAIS AVEC TOI, C'EST COMME T'ENSEIGNER LE LUTH. JE PEUX T'APPRENDRE À PINCER LES CORDES, MAIS CETTE CONNAISSANCE SEULE NE FERA PAS DE TOI UN GRAND TROUBADOUR. C'EST L'ART ET NON L'ÉTUDE QUI TE TROUBLE.
NE TE MORFONDS PAS. TU ES JEUNE, J'AI ENCORE QUELQUE ESPOIR.
ALORS JE NE SUIS PAS UN ÉCHEC COMPLET ?
PAS DU TOUT. EN FAIT, J'AI LE SENTIMENT QU'UN JOUR TON ESPRIT LOGIQUE POURRAIT BIEN SERVIR À FAIRE PROGRESSER LA MAGIE.
LA GARDE EST DEHORS. LES ELFES ARRIVENT !
TRÈS BIEN. TU NE TIENDRAS PAS EN PLACE TANT QUE TU NE LES AURAS PAS VUS. VAS-Y.

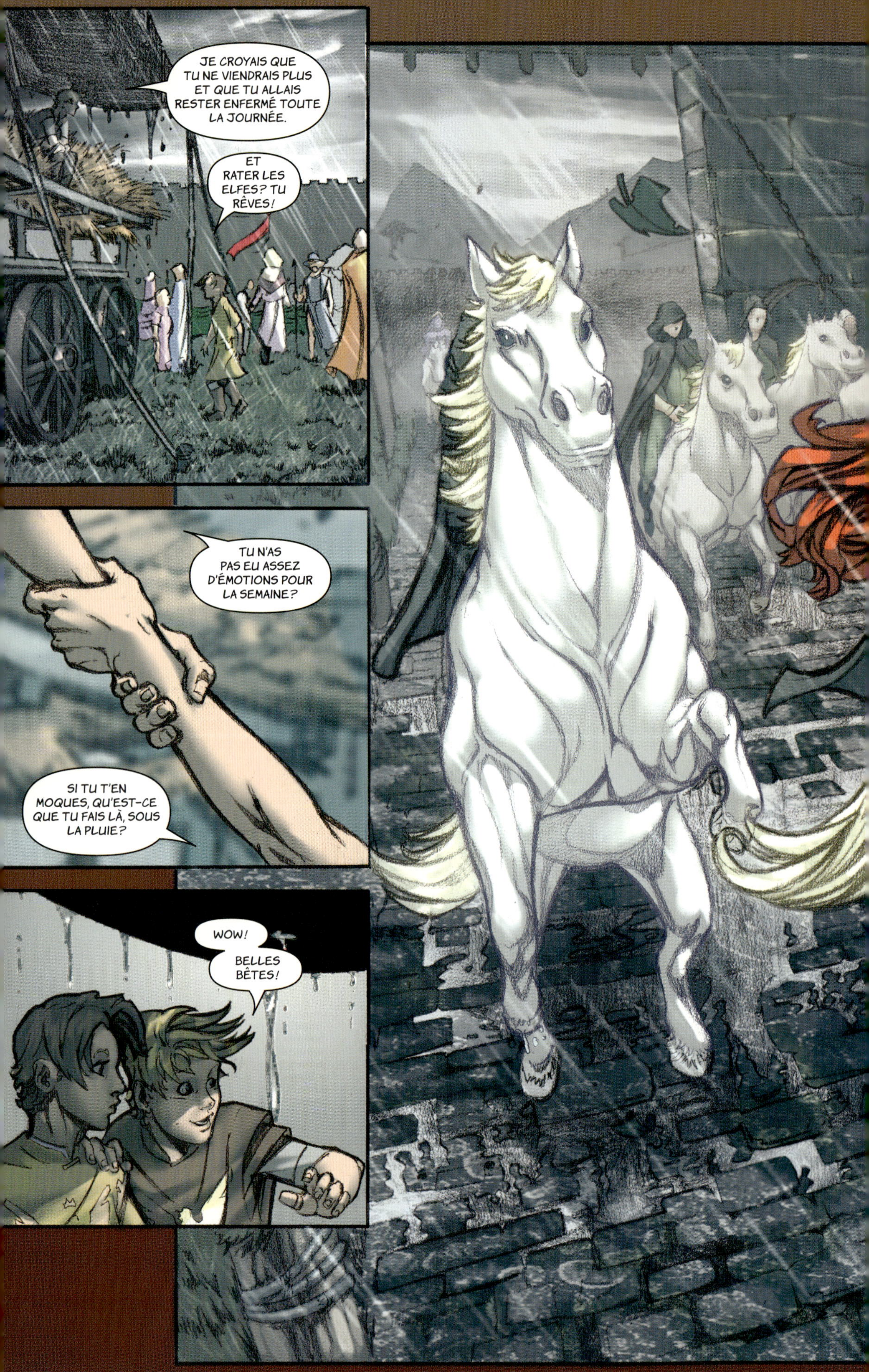
JE CROYAIS QUE TU NE VIENDRAIS PLUS ET QUE TU ALLAIS RESTER ENFERMÉ TOUTE LA JOURNÉE.
ET RATER LES ELFES? TU RÊVES!
TU N'AS PAS EU ASSEZ D'ÉMOTIONS POUR LA SEMAINE?
SI TU T'EN MOQUES, QU'EST-CE QUE TU FAIS LÀ, SOUS LA PLUIE?
WOW!
BELLES BÊTES!

SEIGNEUR
BORRIC.

BIENVENUE, MADAME. VOUS NOUS FAITES UN GRAND HONNEUR.
ELLE EST MAGNIFIQUE.
VOUS ÊTES BIEN AIMABLE, MONSEIGNEUR.
SMEK
MÊME SI JE VIS CENT ANS, JAMAIS JE NE REVERRAI PAREILLE BEAUTÉ.
TU DEVRAIS CHANGER DE VÊTEMENTS ET EMPRUNTER UN TABARD SEC...
ENFIN, SI TU VEUX DÎNER AVEC LA COUR POUR RACONTER À LA REINE DES ELFES CE QUE TU AS VU SUR LE NAVIRE.
MOI? PARLER À LA REINE? MAIS COMMENT?
FACILE. TU OUVRES LA BOUCHE ET DES MOTS EN SORTENT.

Peu après...
... Et les nains ne nous ont pas encore répondu. Est-ce une bonne ou une mauvaise chose? Mes fils sont partagés...
Pas tout à fait, père...
Et je lui ai dit que les elfes et les humains pouvaient être assis à la même table sans faire couler le sang... J'ai dit que je m'assiérais volontiers à côté d'un prince elfe si j'en avais l'occasion...
Prends la fourchette de la main gauche et coupe avec le couteau... Ne bois pas l'eau des bols: c'est pour se rincer les doigts... Tes mains deviennent vite grasses à cause de la viande.
Nos propres rapports content une histoire très différente. Mais tout sera dit lors du conseil. Dame Aglaranna désire faire de cette soirée un moment d'amitié entre nos peuples...
Veille à lancer les os par-dessus ton épaule, pour les chiens, et non par terre devant la table ducale.
Puis il a chargé... Droit sur moi! Vous arrivez à le croire?
Et ne t'essuie pas la bouche sur ta manche, utilise la nappe, elle est là pour ça.

EXCELLENT REPAS, VOTRE GRÂCE. L'HOSPITALITÉ DE CETTE COUR N'A PAS CHANGÉ. ABORDONS À PRÉSENT LA RAISON DE CETTE VISITE QUI N'A QUE TROP TARDÉ.
JE VOUS REMERCIE, TATHAR. NOUS VOUS AVONS RACONTÉ TOUT CE QUE NOUS SAVONS. VOICI LES PREUVES DONT NOUS DISPOSONS. SI CELA PEUT VOUS AIDER, LES GARÇONS VONT VOUS RACONTER CE QUI S'EST PASSÉ SUR LE NAVIRE.
OUI, J'AIMERAIS ENTENDRE L'HISTOIRE DE LEUR BOUCHE, VOTRE GRÂCE.
DITES-MOI, LEQUEL D'ENTRE VOUS A TROUVÉ CET ÉTRANGER?
NOUS DEUX, MONSIEUR.
RACONTEZ-MOI TOUT. ENSUITE, AVEC LA PERMISSION DE SA GRÂCE, JE VOUS INTERROGERAI D'UNE MANIÈRE CONNUE SEULEMENT DES ELFES.
C'EST MON AMI TOMAS ICI PRÉSENT QUI M'A FAIT PART DU NAUFRAGE, MONSIEUR...
PUIS J'AI SENTI... QU'ON M'APPELAIT... MAIS PAS UNE VOIX... LE POUVOIR DU PARCHEMIN...
ET SOUS LE PONT PRINCIPAL... LES MURS... QU'AS-TU VU...?
OUI, DES RÂTELIERS... MAIS ILS ÉTAIENT VIDES...
UNE FRÉGATE?
OUI, UNE FRÉGATE...
ET PUIS IL EST VENU VERS NOUS... SUR LA PLAGE...
IL HURLAIT, MAIS JE N'AI RIEN COMPRIS...

C'ÉTAIT LE PRINCE ARUTHA, M'DAME... SUR SON CHEVAL... IL NOUS A SAUVÉS PARCE QUE LES TSURANI N'ONT PAS DE CHEVAUX... ENFIN, C'EST CE QUE PUG A DIT QUE LE PÈRE TULLY A VU... ET... ET... EUH...
ET, HUM... EUH... C'EST TOUT. PUIS-JE M'EN ALLER, MAINTENANT, S'IL VOUS PLAÎT ?
TU PEUX TE RETIRER, JEUNE TOMAS.
NOUS N'AVONS JAMAIS ENTENDU PARLER D'UN TEL NAVIRE. NOUS EN SOMMES CONVAINCUS.
DEPUIS LA MORT DU ROI MON PÈRE, JE SUIS LE CHEF DE GUERRE D'ELVANDAR. JE SUPERVISE LES ÉCLAIREURS ET LES PATROUILLES QUI GARDENT NOS BOIS. IL Y A QUELQUE TEMPS, NOUS AVONS REMARQUÉ DES FAITS ÉTRANGES...
DES TRACES LAISSÉES PAR DES ÉTRANGERS. S'ILS N'ÉTAIENT PASSÉS SI PRÈS D'ELVANDAR, NOUS NE LES AURIONS JAMAIS REPÉRÉS, MAIS NUL NE PEUT APPROCHER NOTRE FOYER SANS ÊTRE DÉTECTÉ.

"IL Y A PLUSIEURS JOURS, L'UN DE NOS ÉCLAIREURS A VU UN GROUPE D'ÉTRANGERS TRAVERSER LE FLEUVE PRÈS DE NOS FRONTIÈRES VERS LE COL DU NORD. IL LES A SUIVIS PENDANT UNE DEMI-JOURNÉE, PUIS LES A PERDUS.
"MAIS PAS DE SON FAIT, BIEN ENTENDU. ILS SONT SIMPLEMENT ENTRÉS DANS UNE CLAIRIÈRE DENSE ET N'EN SONT JAMAIS RESSORTIS. IL A SUIVI LEURS TRACES JUSQU'À L'ENDROIT OÙ ILS ONT DISPARU.
"QUATRE JOURS AVANT L'ARRIVÉE DE VOTRE MESSAGE, MA PATROUILLE A REPÉRÉ UNE BANDE PRESQUE AU MÊME ENDROIT...
"ILS N'ÉTAIENT PAS À LEUR AISE, LE MOINDRE BRUIT LES METTAIT EN ALERTE. MALGRÉ LEURS PRÉCAUTIONS, ILS NE SE SONT JAMAIS DOUTÉ QUE NOUS LES SUIVIONS. ILS PORTAIENT DES ARMURES AUX COULEURS VIVES ET DES ÉPÉES. ILS PARLAIENT À VOIX BASSE DANS UNE LANGUE INCOMPRÉHENSIBLE.
"JE LES AI SUIVIS DEUX JOURS DURANT. MAIS, EN ARRIVANT À LA LISIÈRE DE LA FORÊT, ILS ONT DESSINÉ SUR UN PARCHEMIN, COMME ILS L'AVAIENT DÉJÀ FAIT PLUSIEURS FOIS. PUIS L'HOMME EN NOIR A ACTIVÉ UN ÉTRANGE OBJET, ET ILS ONT DISPARU."

SEIGNEUR BORRIC, JE N'AURAIS JAMAIS QUITTÉ ELVANDAR SI JE N'AVAIS JUGÉ LA SITUATION CRITIQUE. CES RÉCITS ME FONT CRAINDRE POUR TOUS LES PEUPLES LIBRES DE L'OUEST. NOUS FERONS ALLIANCE AVEC VOUS SI CET EMPIRE D'OUTRE-MONDE VEUT NOUS CONQUÉRIR.
JE REMERCIE LA DAME D'ELVANDAR. SI NOUS N'AVIONS PAS EU CONNAISSANCE DE CES FAITS, NOUS AURIONS LAISSÉ PLUS DE TEMPS À CES ÉTRANGERS POUR SE PRÉPARER.
JE N'AIME PAS ÇA. UNE CAMPAGNE DE REPÉRAGES INTENSIFS NE PEUT ÊTRE QUE PRÉLUDE À UNE INVASION. JE VAIS PRÉVENIR LE DUC BRUCAL DE YABON ET RÉÉCRIRE AUX MONTS DE PIERRE ET AUX TOURS GRISES.
IL SERAIT BON DE SAVOIR CE QU'EN DIT LE PEUPLE NAIN.
J'ATTENDAIS DE LEURS NOUVELLES, MAIS NOS MESSAGERS NE SONT PAS REVENUS, PAS PLUS QUE LEURS PIGEONS.
QU'EN EST-IL DES CITÉS LIBRES ET DU PRINCE À KRONDOR?
PUG, TA PETITE COLLECTION DE LIVRES MAGIQUES INTÉRESSE LE PRINCE CALIN. TU VEUX BIEN LA LUI MONTRER, JE TE PRIE?
JE DOIS Y RÉFLÉCHIR, CAR J'AI ENTENDU DIRE QU'IL Y A DES PROBLÈMES DANS L'EST. J'Y PENSERAI CETTE NUIT.
JE VOUS REMERCIE TOUS. NOUS NOUS RÉUNIRONS DE NOUVEAU DEMAIN. CHERCHEZ DES IDÉES POUR CONTRER CES POSSIBLES ENVAHISSEURS.

MAÎTRE KULGAN DIT QUE MA COLLECTION DE LIVRES MAGIQUES VOUS INTÉRESSE, VOTRE ALTESSE.
JE PRÉFÈRE QU'ON M'APPELLE CALIN, PUG.
TU AS UN ANIMAL PEU ORDINAIRE.
FANTUS EST TRÈS INDÉPENDANT. IL N'EST PAS RARE QU'IL DISPARAISSE PENDANT DES SEMAINES, MAIS IL VIT SURTOUT ICI.
IL DOIT MANGER DEHORS MAINTENANT : MEECHAM EST PARTI TRAVERSER LES MONTAGNES AVANT QUE LA NEIGE BLOQUE LE COL DU NORD.
IL PRÉPARE SANS DOUTE LA VOIE AU CAS OÙ LE DUC CHOISIRAIT DE PARTIR POUR L'EST.
AS-TU TROUVÉ CE LIVRE INTÉRESSANT ?
LE TRAITÉ SUR L'ANIMATION DES OBJETS DE DORCAS ? OUI, MÊME S'IL M'A PARU PARFOIS NÉBULEUX.
C'EST JUSTE. IL ÉTAIT LUI-MÊME NÉBULEUX, DU MOINS DANS MON SOUVENIR.
MAIS DORCAS EST MORT IL Y A TRENTE ANS.

TU NE CONNAIS DONC PAS BIEN LES ELFES?
JE SAIS CE QUE MARTIN L'ARCHER M'EN A DIT, QUE VOUS PARLEZ AUX ANIMAUX ET À CERTAINS ESPRITS, QUE VOUS VIVEZ EN ELVANDAR ET DANS LES FORÊTS ELFIQUES ALENTOUR ET QUE VOUS RESTEZ SURTOUT ENTRE VOUS.
CONNAISSANT MON AMI L'ARCHER, JE PARIE QUE CES HISTOIRES ÉTAIENT HAUTES EN COULEUR CAR, QUAND IL NE MENT PAS, IL A UN HUMOUR D'ELFE.
UN JOUR, UN SOLDAT A DIT QUE MARTIN A DES YEUX MOQUEURS.
LA VIE A ÉTÉ DURE POUR LUI. ABANDONNÉ, IL VIVAIT DANS LES BOIS COMME UN SAUVAGEON. UN JOUR, JE L'AI SURPRIS SE BATTANT AVEC DEUX DE NOS ENFANTS. AU FIL DES ANS, IL EST DEVENU UN AMI TRÈS ESTIMÉ. IL SOUFFRE D'UNE SOLITUDE TRÈS SPÉCIALE, CAR IL N'APPARTIENT PAS VRAIMENT AU MONDE DES ELFES NI À CELUI DES HUMAINS.
A-T-IL DIT VRAI?
LE TEMPS PASSE LENTEMENT EN ELVANDAR, CAR C'EST UN LIEU SANS ÂGE. NOTRE MAGIE FAIT PARTIE DE NOTRE ÊTRE.
EN DÉPIT DE MA JEUNESSE APPARENTE, J'AI PLUS DE CENT ANS.
CENT ANS... PAUVRE TOMAS. IL S'EST ÉPRIS DE LA REINE... VOTRE MÈRE...
TOUS EN ELVANDAR AIMENT LA REINE. JE NE SUIS PAS SURPRIS DE LA RÉACTION DE TON AMI.
CELA FAIT LONGTEMPS QUE MON PÈRE LE ROI EST MORT. SON DEUIL A PRIS FIN: ELLE EST LIBRE DE CHOISIR UN AUTRE ÉPOUX.

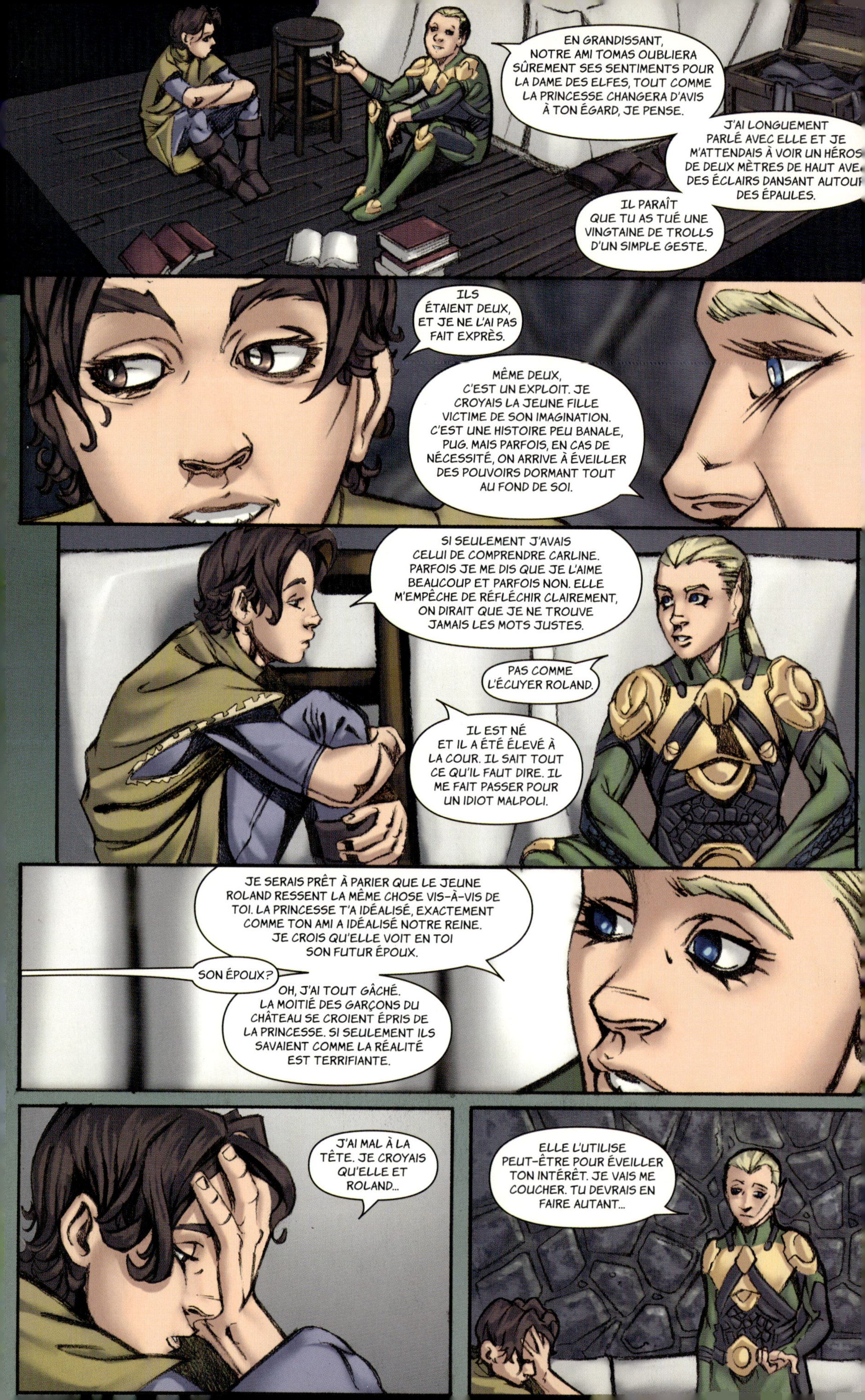
EN GRANDISSANT, NOTRE AMI TOMAS OUBLIERA SÛREMENT SES SENTIMENTS POUR LA DAME DES ELFES, TOUT COMME LA PRINCESSE CHANGERA D'AVIS À TON ÉGARD, JE PENSE.
J'AI LONGUEMENT PARLÉ AVEC ELLE ET JE M'ATTENDAIS À VOIR UN HÉROS DE DEUX MÈTRES DE HAUT AVEC DES ÉCLAIRS DANSANT AUTOUR DES ÉPAULES.
IL PARAÎT QUE TU AS TUÉ UNE VINGTAINE DE TROLLS D'UN SIMPLE GESTE.
ILS ÉTAIENT DEUX, ET JE NE L'AI PAS FAIT EXPRÈS.
MÊME DEUX, C'EST UN EXPLOIT. JE CROYAIS LA JEUNE FILLE VICTIME DE SON IMAGINATION. C'EST UNE HISTOIRE PEU BANALE, PUG. MAIS PARFOIS, EN CAS DE NÉCESSITÉ, ON ARRIVE À ÉVEILLER DES POUVOIRS DORMANT TOUT AU FOND DE SOI.
SI SEULEMENT J'AVAIS CELUI DE COMPRENDRE CARLINE. PARFOIS JE ME DIS QUE JE L'AIME BEAUCOUP ET PARFOIS NON. ELLE M'EMPÊCHE DE RÉFLÉCHIR CLAIREMENT, ON DIRAIT QUE JE NE TROUVE JAMAIS LES MOTS JUSTES.
PAS COMME L'ÉCUYER ROLAND.
IL EST NÉ ET IL A ÉTÉ ÉLEVÉ À LA COUR. IL SAIT TOUT CE QU'IL FAUT DIRE. IL ME FAIT PASSER POUR UN IDIOT MALPOLI.
JE SERAIS PRÊT À PARIER QUE LE JEUNE ROLAND RESSENT LA MÊME CHOSE VIS-À-VIS DE TOI. LA PRINCESSE T'A IDÉALISÉ, EXACTEMENT COMME TON AMI A IDÉALISÉ NOTRE REINE. JE CROIS QU'ELLE VOIT EN TOI SON FUTUR ÉPOUX.
SON ÉPOUX?
OH, J'AI TOUT GÂCHÉ. LA MOITIÉ DES GARÇONS DU CHÂTEAU SE CROIENT ÉPRIS DE LA PRINCESSE. SI SEULEMENT ILS SAVAIENT COMME LA RÉALITÉ EST TERRIFIANTE.
J'AI MAL À LA TÊTE. JE CROYAIS QU'ELLE ET ROLAND...
ELLE L'UTILISE PEUT-ÊTRE POUR ÉVEILLER TON INTÉRÊT. JE VAIS ME COUCHER. TU DEVRAIS EN FAIRE AUTANT...

"... DEMAIN POURRAIT ÊTRE UN JOUR INTÉRESSANT POUR TOI."
J'AIMERAIS VISITER ELVANDAR UN JOUR.
TU IRAS PEUT-ÊTRE.
MAIS J'EN DOUTE. CAR JE DEVIENDRAI MAGICIEN ET TOI SOLDAT...
ET LA REINE RÉGNERA ENCORE EN ELVANDAR LONGTEMPS APRÈS NOTRE MORT.
OH, VRAIMENT ? EH BIEN, JE TE DIS QUE *J'IRAI* UN JOUR.
ET JE SERAI UN GRAND HÉROS, AVEC DES DIZAINES DE VICTOIRES CONTRE LES TSURANI. LA REINE AGLARANNA ME RECEVRA AVEC LES HONNEURS.
ET MOI, JE SERAI LE PLUS GRAND MAGICIEN DU PAYS.

PUG! TE VOILÀ!
QU'A DÉCIDÉ LE CONSEIL?
LE DUC VA ÉCRIRE À TOUS LES NOBLES DE L'OUEST POUR LEUR EXPLIQUER CE QUI SE PASSE ET DEMANDER QUE LEURS ARMÉES SE TIENNENT PRÊTES.
TULLY EST DANS TOUS SES ÉTATS. ON LUI A ORDONNÉ DE RESTER ICI POUR CONSEILLER LYAM, AVEC L'AIDE DE FANNON ET D'ALGON, EN L'ABSENCE DU DUC.
EN L'ABSENCE...? IL S'EN VA?
LE DUC PENSE QU'IL VAUT MIEUX ANNONCER LA NOUVELLE EN PERSONNE.
ARUTHA ET MOI ALLONS NOUS RENDRE AVEC LUI DANS LES CITÉS LIBRES, PUIS À KRONDOR, POUR PARLER AU PRINCE ERLAND.
S'IL VOUS PLAÎT, JE PEUX VENIR?
TOI? JE N'Y AVAIS PAS PENSÉ.
... JE SUPPOSE QUE ÇA PEUT SE FAIRE.
TOMAS AUSSI?
TOMAS AUSSI.
J'IMAGINE QU'IL VAUT MIEUX NE PAS VOUS SÉPARER POUR CONCENTRER LES ENNUIS AU MÊME ENDROIT. JE VAIS ARRANGER ÇA AVEC FANNON.
SUPER! ON VA À *KRONDOR*!

Magicien : Apprenti

CHAPITRE SIX

CRYDEE, QUELQUES JOURS APRÈS LE DÉPART DES ELFES.
LES PRÉPARATIFS DE L'EXPÉDITION DUCALE VERS KRONDOR, CAPITALE DE L'OUEST, BATTENT LEUR PLEIN. APPAREMMENT, TOUT LE MONDE PARTICIPE À CET IMMENSE EFFORT, SAUF UN GARÇON...
ÉCUYER PUG ! REGARDEZ DEVANT VOUS !
DÉSOLÉ, M'DAME !
JE N'ARRIVE PAS À LE CROIRE – UN MESSAGE DE LA PRINCESSE CARLINE. LA RETROUVER DANS LE JARDIN À MIDI... JE NE VEUX PAS RATER CE RENDEZ-VOUS !
OUH LÀ... ROLAND !
TU ATTENDAIS QUELQU'UN D'AUTRE ?
DAME GLYNIS A MENTIONNÉ UN BILLET QUE T'AURAIT ÉCRIT LA PRINCESSE...

D'UN *ÉCUYER* À UN *AUTRE ÉCUYER*, CE NE SONT *PAS TES AFFAIRES*!
SI JAMAIS TU LA BLESSES, JE JURE DE...
MAIS C'EST ELLE QUI...
BLARF
NE DIS PAS DE MAL D'ELLE OU JE T'ASSOMME.
TU AS EU PLUS DE DEUX ANS POUR LA SÉDUIRE, ROLAND.
ELLE NOUS MONTE L'UN CONTRE L'AUTRE.

URG!
ACK!
LÂCHE-MOIII!
YAH!
SWOUSH
BAM

BAM
BAM BAM BAM
NON !
NON, PUG ! RAPPELLE-TOI MES LEÇONS ! ON NE DOIT PAS UTILISER LE POUVOIR COMME ÇA !
URGH
ARRÊTE, ROLAND !
URGH UH GHUR

GKGLHHKLGH
C'EST IRRÉEL. IL N'Y A QUE TES MAINS AUTOUR DE TA GORGE.
GHKAAKAAAAH
C'ÉTAIT UNE ILLUSION, MAIS C'EST FINI. TU T'ÉTOUFFAIS TOUT SEUL.
MAIS TU RESTES PRISONNIER D'UN SORT PLUS PUISSANT QUE CEUX QUE JE POURRAIS LANCER. TU L'AIMES VRAIMENT, HEIN?
OUI. ET TOI?
JE... N'EN SUIS PAS SÛR. ELLE ME FAIT DOUTER DE MOI. PARFOIS, JE NE PENSE QU'À ELLE ET PARFOIS J'AIMERAIS ÊTRE LE PLUS LOIN POSSIBLE.
QUAND IL S'AGIT D'ELLE, JE PERDS COMPLÈTEMENT LA BOULE.
JE NE SAIS PAS POURQUOI, MAIS JE TROUVE TA REMARQUE TERRIBLEMENT DRÔLE.

ON PERD LA TÊTE!
HA HA HA
EH BIEN! VOUS AVEZ L'AIR DE VOUS AMUSER, JE NE VOUDRAIS PAS VOUS DÉRANGER.
HA HAHAHAHAHA
HA HA... P-PRINCESSE C-CARLINE... HA HA... NE PARTEZ PAS...
REGARDEZ, ON PERD LA BOULE!
HA HA
AH, LES HOMMES!
DÉSOLÉ PUG, JE N'AVAIS PAS LE DROIT DE T'AGRESSER.
JE NE DORS PLUS LA NUIT À CAUSE D'ELLE. MAIS, DEPUIS QUE TU L'AS SAUVÉE, ELLE NE PARLE PLUS QUE DE TOI. ÇA ME REND FOU, JE T'AURAIS TUÉ.
ET ÇA A BIEN FAILLI ME COÛTER LA VIE.
DÉSOLÉ AUSSI, ROLAND. JE NE CONTRÔLE PAS TRÈS BIEN LA MAGIE ET QUAND JE PERDS MON CALME...
... JE NE FERAIS JAMAIS ÇA VOLONTAIREMENT - SURTOUT À UN AMI.

J'AI MAL AGI. TU AVAIS RAISON: ELLE NOUS MONTE L'UN CONTRE L'AUTRE. C'EST TOI QU'ELLE PRÉFÈRE.
JE NE SUIS PAS SÛR QUE TU DOIVES M'ENVIER. CE SERAIT PLUS SIMPLE SI ELLE M'OUBLIAIT. JE DOIS TERMINER MON APPRENTISSAGE, ET PUIS IL Y A CETTE HISTOIRE DE TSURANI.
S'INQUIÉTER DE L'AVENIR, ÇA DONNE SOIF. JE PENSE QU'UNE BONNE BIÈRE NOUS FERAIT DU BIEN - ET JE CONNAIS UN ENDROIT OÙ LES PLANCHES DU CELLIER SONT DISJOINTES.
ÇA ME PARAÎT UNE BONNE IDÉE...
"... ALLONS VOIR SI ON PEUT RALLIER TOMAS À NOTRE MISSION."
HALTE! ÉPAULEZ, ARME! EN AVANT... MARCHE!
QUE SE PASSE-T-IL, SERGENT GARDAN? MANŒUVRES SPÉCIALES POUR TOMAS?
NOTRE JEUNE HÉROS A PERDU DEUX ÉPÉES. LA PREMIÈRE, C'ÉTAIT COMPRÉHENSIBLE, L'AFFAIRE DU NAVIRE ÉTAIT VITALE. MAIS ON A TROUVÉ LA SECONDE SUR LE SOL HUMIDE APRÈS LE DÉPART DE LA REINE ELFE.
"CEPENDANT VOTRE AMI EST L'UN DES MEILLEURS ÉLÈVES QUE LE MAÎTRE D'ARMES AIT CONNU. MAIS NE LE LUI RÉPÉTEZ PAS. FANNON EST PLUS DUR AVEC CEUX QUI ONT DU POTENTIEL. TOMAS EST UN GARÇON SOLIDE, IL AURA JUSTE MAL AUX PIEDS."

PLUSIEURS CHOPES PLUS TARD...
LE MONDE VA SÛREMENT S'ÉCROULER: FANNON A ÉCOURTÉ LA DURÉE DE LA PUNITION.
TOMAS! PRENDS UNE CHOPE!
IL SE TRAME QUELQUE CHOSE. FANNON A DÉBOULÉ, M'A DIT DE RANGER MES JOUETS ET A ENTRAÎNÉ GARDAN AVEC LUI. IL ÉTAIT SUPERPRESSÉ.
PEUT-ÊTRE QUE LE DUC EST PRÊT À PARTIR.
VOUS AVEZ L'AIR FIN TOUS LES DEUX...
... VOUS VOUS ÊTES BATTUS POUR ELLE?

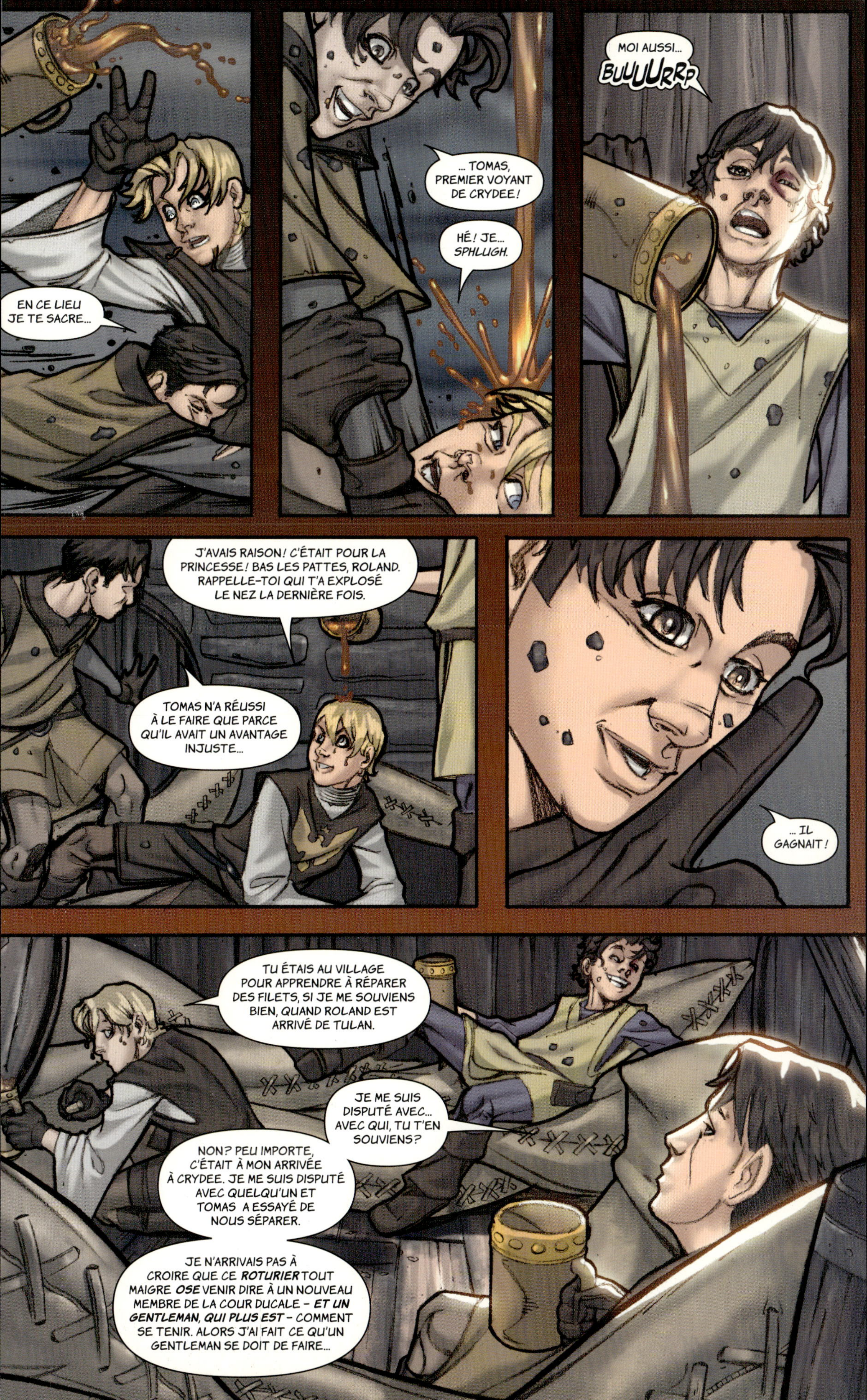
EN CE LIEU JE TE SACRE...
... TOMAS, PREMIER VOYANT DE CRYDEE !
HÉ ! JE... SPHLUGH.
MOI AUSSI...
BUUUURRP
J'AVAIS RAISON ! C'ÉTAIT POUR LA PRINCESSE ! BAS LES PATTES, ROLAND. RAPPELLE-TOI QUI T'A EXPLOSÉ LE NEZ LA DERNIÈRE FOIS.
TOMAS N'A RÉUSSI À LE FAIRE QUE PARCE QU'IL AVAIT UN AVANTAGE INJUSTE...
... IL GAGNAIT !
TU ÉTAIS AU VILLAGE POUR APPRENDRE À RÉPARER DES FILETS, SI JE ME SOUVIENS BIEN, QUAND ROLAND EST ARRIVÉ DE TULAN.
JE ME SUIS DISPUTÉ AVEC... AVEC QUI, TU T'EN SOUVIENS ?
NON ? PEU IMPORTE, C'ÉTAIT À MON ARRIVÉE À CRYDEE. JE ME SUIS DISPUTÉ AVEC QUELQU'UN ET TOMAS A ESSAYÉ DE NOUS SÉPARER.
JE N'ARRIVAIS PAS À CROIRE QUE CE *ROTURIER* TOUT MAIGRE *OSE* VENIR DIRE À UN NOUVEAU MEMBRE DE LA COUR DUCALE – *ET UN GENTLEMAN, QUI PLUS EST* – COMMENT SE TENIR. ALORS J'AI FAIT CE QU'UN GENTLEMAN SE DOIT DE FAIRE...

JE L'AI FRAPPÉ À LA BOUCHE.
APRÈS QUOI JE T'AI DONNÉ LA PIRE RACLÉE QUE TU AIES REÇUE DEPUIS LES FESSÉES DE TON PÈRE.
NOUS ÉTIONS JEUNES ALORS.
J'AI L'IMPRESSION D'AVOIR CENT ANS.
NOTRE DISPUTE PORTAIT SUR LA FILLE DE NOTRE SEIGNEUR ET SON CHARME INEFFABLE...
C'EST QUOI, INEFFABLE ?
INDESCRIPTIBLE, ANDOUILLE !
NON, LA PRINCESSE N'EST PAS UNE INDESCRIPTIBLE ANDOUILLE.
COMME JE DISAIS... LA DEMOISELLE A JETÉ SON DÉVOLU SUR NOTRE JEUNE MAGICIEN. *BLUURP.* NOUS DISCUTIONS DE LA MANIÈRE DONT IL CONVIENT D'ACCEPTER PAREILLES LARGESSES.
TU AS TOUTE MA SYMPATHIE, PUG.

MESSIEURS, UN TOAST ! PEU IMPORTE LES DIFFÉRENDS QUE NOUS AVONS EUS, JE SUIS CONTENT DE VOUS COMPTER PARMI MES AMIS.
À L'AMITIÉ !
KLOK
TENDEZ VOTRE MAIN.
OÙ QUE NOUS ALLIONS, PEU IMPORTE LE TEMPS QUI PASSE, JAMAIS PLUS NOUS NE SERONS SANS AMIS.
BIEN DIT !

LA TOUR DU MAGICIEN...
TOC TOC TOC TOC
HEIN? QUE...
TOC TOC TOC TOC
J'ARRIVE... J'ARRIVE...
PRINCESSE?
FERME LA PORTE! QUELQU'UN POURRAIT VOIR LA LUMIÈRE DANS L'ESCALIER.
OÙ EST CETTE ESPÈCE DE DRAGO QUI VIT AVEC TOI?
FANTUS? IL EST SORTI FAIRE DES TRUCS DE DRAGONNET.
TANT MIEUX. IL ME FAIT PEUR. JE VEUX TE PARLER.
DIEUX!

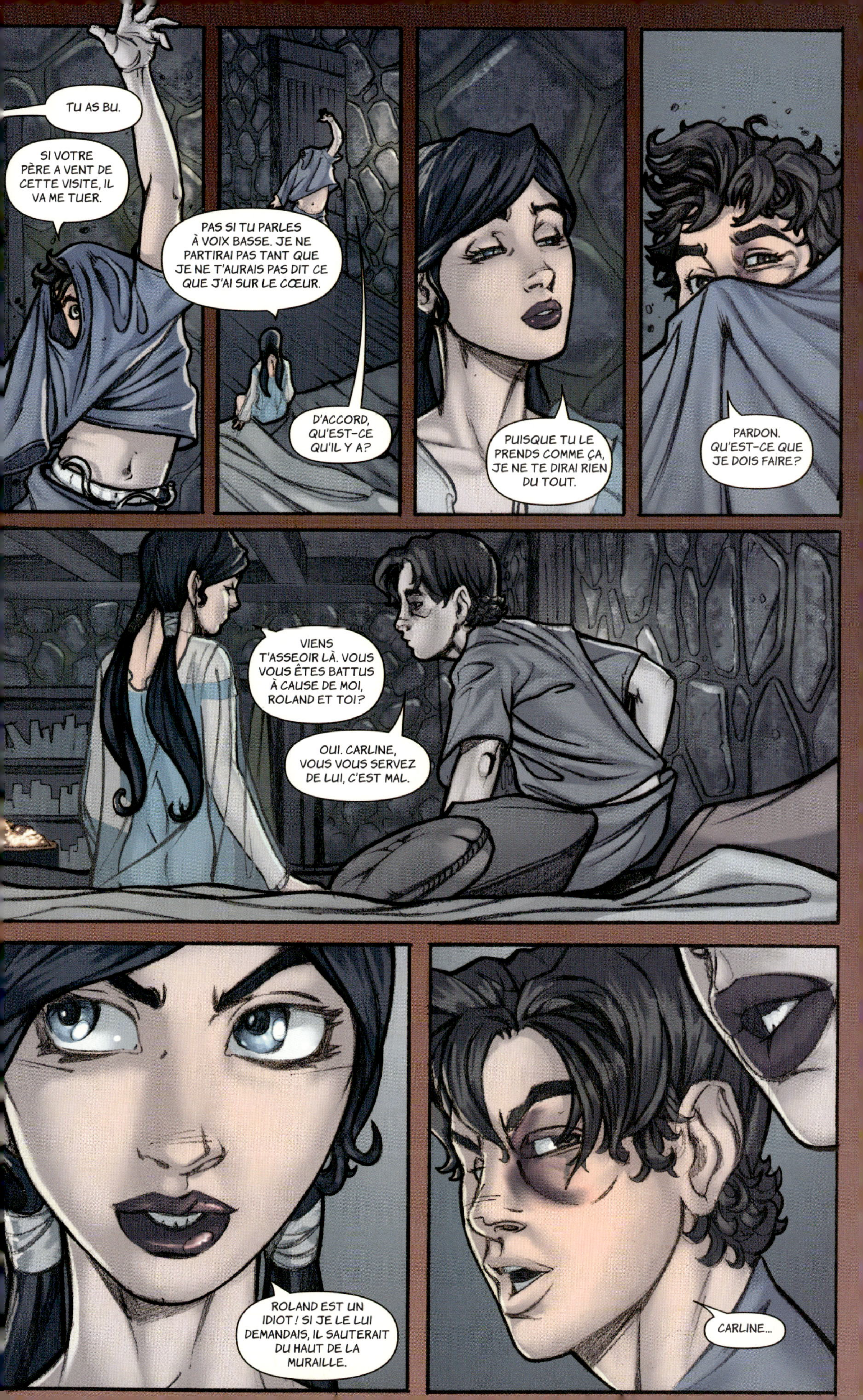
TU AS BU.
SI VOTRE PÈRE A VENT DE CETTE VISITE, IL VA ME TUER.
PAS SI TU PARLES À VOIX BASSE. JE NE PARTIRAI PAS TANT QUE JE NE T'AURAIS PAS DIT CE QUE J'AI SUR LE CŒUR.
D'ACCORD, QU'EST-CE QU'IL Y A?
PUISQUE TU LE PRENDS COMME ÇA, JE NE TE DIRAI RIEN DU TOUT.
PARDON. QU'EST-CE QUE JE DOIS FAIRE?
VIENS T'ASSEOIR LÀ. VOUS VOUS ÊTES BATTUS À CAUSE DE MOI, ROLAND ET TOI?
OUI. CARLINE, VOUS VOUS SERVEZ DE LUI, C'EST MAL.
ROLAND EST UN IDIOT ! SI JE LE LUI DEMANDAIS, IL SAUTERAIT DU HAUT DE LA MURAILLE.
CARLINE...

ALORS?
C'ÉTAIT... BIEN?
BIEN? C'EST TOUT CE QUE TU AS À DIRE?
TAP TAP TAP TAP TAP TAP TAP
TU ES LE PREMIER HOMME QUE J'EMBRASSE – À PART PÈRE ET MES FRÈRES –, ET TOUT CE QUE TU TROUVES À DIRE, C'EST "*BIEN*"?
TRÈS BIEN?

JE VIENS ME JETER DANS TES BRAS AU RISQUE DE ME FAIRE ENFERMER À VIE DANS UN COUVENT ! LES AUTRES GARÇONS SE METTENT EN QUATRE POUR ATTIRER MON ATTENTION, ET TOI TU ME TRAITES COMME UNE FILLE DE CUISINE, LE DIVERTISSEMENT PASSAGER DU JEUNE SEIGNEUR.
CARLINE, DONNE-MOI UN MOMENT.
JE T'AI DONNÉ DES SEMAINES. JE CROYAIS QU'ON SE COMPRENAIT.
JE T'EN PRIE, ASSIEDS-TOI. LAISSE-MOI T'EXPLIQUER. JE TIENS À TOI – ÉNORMÉMENT. JE CROIS MÊME QUE JE T'AIME AUTANT QUE ROLAND MAIS, LA PLUPART DU TEMPS, JE SUIS PERDU EN TA PRÉSENCE.
C'EST LE PROBLÈME : LE PLUS SOUVENT, JE NE COMPRENDS PAS CE QUE JE RESSENS.
JE NE TE SUIS PAS. JE N'AI JAMAIS CONNU UN GARÇON QUI TIENNE AUTANT À TOUT COMPRENDRE.
ON APPREND AUX MAGICIENS À CHERCHER DES EXPLICATIONS. COMPRENDRE, C'EST TRÈS IMPORTANT POUR EUX. MAIS JE N'EN SERAI PEUT-ÊTRE PAS UN. J'AI DES PROBLÈMES DANS MES ÉTUDES.

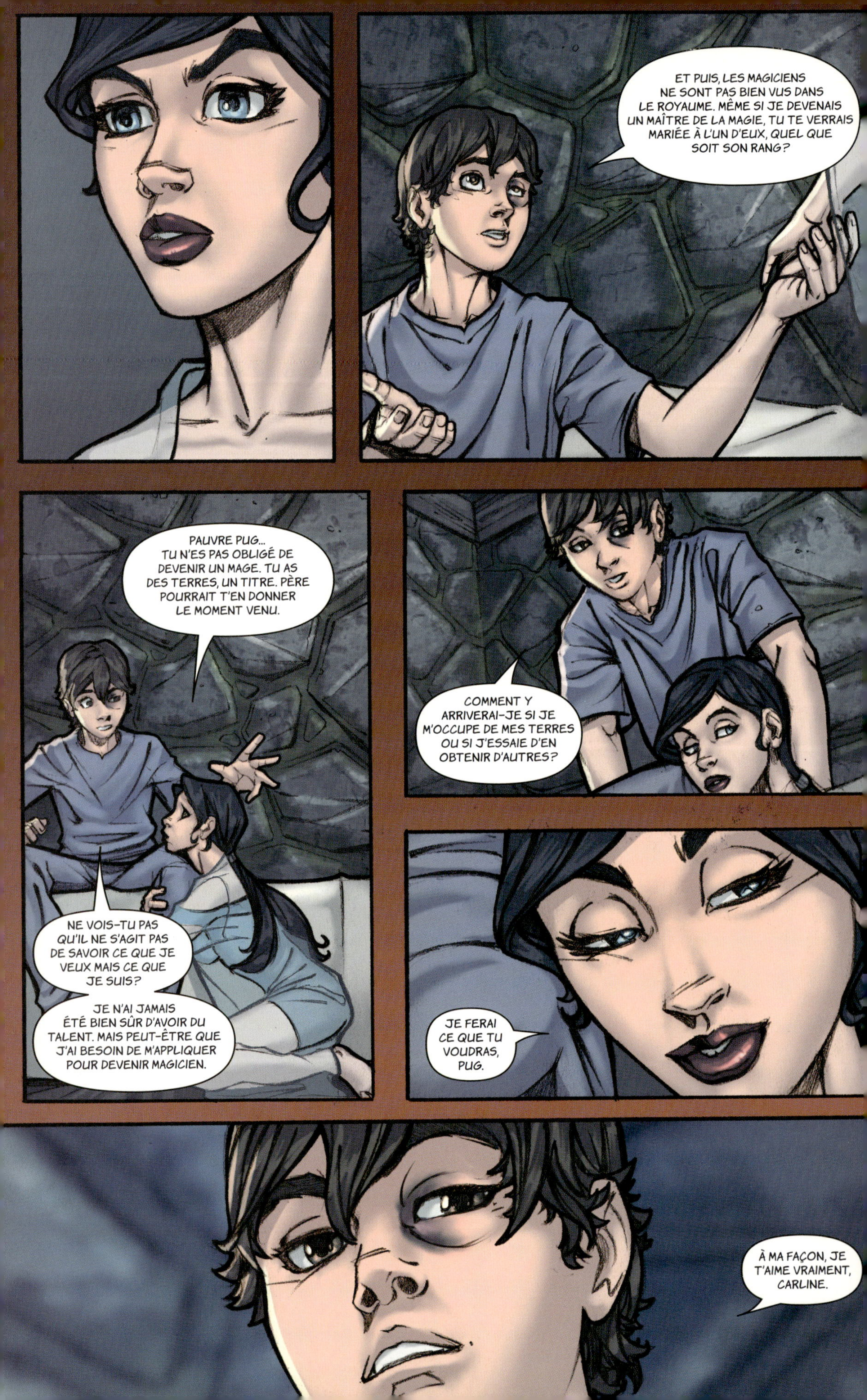

ET PUIS, LES MAGICIENS NE SONT PAS BIEN VUS DANS LE ROYAUME. MÊME SI JE DEVENAIS UN MAÎTRE DE LA MAGIE, TU TE VERRAIS MARIÉE À L'UN D'EUX, QUEL QUE SOIT SON RANG?
PAUVRE PUG... TU N'ES PAS OBLIGÉ DE DEVENIR UN MAGE. TU AS DES TERRES, UN TITRE. PÈRE POURRAIT T'EN DONNER LE MOMENT VENU.
NE VOIS-TU PAS QU'IL NE S'AGIT PAS DE SAVOIR CE QUE JE VEUX MAIS CE QUE JE SUIS?
JE N'AI JAMAIS ÉTÉ BIEN SÛR D'AVOIR DU TALENT. MAIS PEUT-ÊTRE QUE J'AI BESOIN DE M'APPLIQUER POUR DEVENIR MAGICIEN.
COMMENT Y ARRIVERAI-JE SI JE M'OCCUPE DE MES TERRES OU SI J'ESSAIE D'EN OBTENIR D'AUTRES?
JE FERAI CE QUE TU VOUDRAS, PUG.
À MA FAÇON, JE T'AIME VRAIMENT, CARLINE.

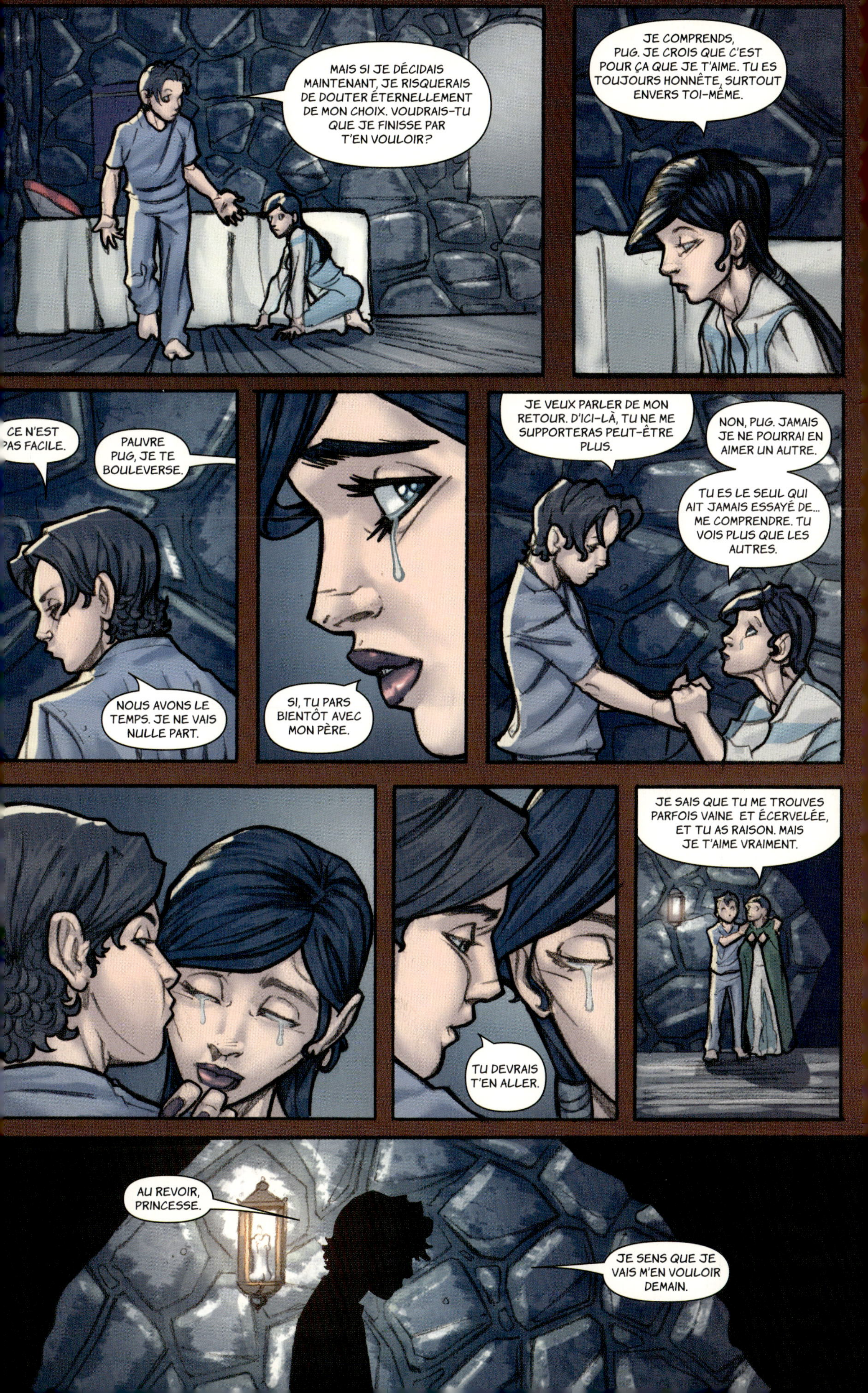
MAIS SI JE DÉCIDAIS MAINTENANT, JE RISQUERAIS DE DOUTER ÉTERNELLEMENT DE MON CHOIX. VOUDRAIS-TU QUE JE FINISSE PAR T'EN VOULOIR?
JE COMPRENDS, PUG. JE CROIS QUE C'EST POUR ÇA QUE JE T'AIME. TU ES TOUJOURS HONNÊTE, SURTOUT ENVERS TOI-MÊME.
CE N'EST PAS FACILE.
PAUVRE PUG, JE TE BOULEVERSE.
NOUS AVONS LE TEMPS. JE NE VAIS NULLE PART.
SI, TU PARS BIENTÔT AVEC MON PÈRE.
JE VEUX PARLER DE MON RETOUR. D'ICI-LÀ, TU NE ME SUPPORTERAS PEUT-ÊTRE PLUS.
NON, PUG. JAMAIS JE NE POURRAI EN AIMER UN AUTRE.
TU ES LE SEUL QUI AIT JAMAIS ESSAYÉ DE... ME COMPRENDRE. TU VOIS PLUS QUE LES AUTRES.
TU DEVRAIS T'EN ALLER.
JE SAIS QUE TU ME TROUVES PARFOIS VAINE ET ÉCERVELÉE, ET TU AS RAISON. MAIS JE T'AIME VRAIMENT.
AU REVOIR, PRINCESSE.
JE SENS QUE JE VAIS M'EN VOULOIR DEMAIN.

COCORICOOOOO
KULGAN, TU NE PEUX PAS EMMENER TOUS CES LIVRES AVEC TOI.
JE DOIS CONTINUER L'ÉDUCATION DU PETIT, TULLY.
VOUS M'AVEZ APPELÉ, MAÎTRE ?
LE DUC NOUS ORDONNE D'ÊTRE PRÊTS À L'AUBE. LES NAINS N'ONT PAS RÉPONDU, MAIS IL NE VEUT PLUS ATTENDRE. IL PENSE QUE LE COL DU NORD EST FERMÉ ET IL REDOUTE LA NEIGE AU SUD. MON NEZ ME DIT QU'ON VA AVOIR UN HIVER PRÉCOCE ET TERRIBLE.
IL TE PRÉDISAIT LA SÉCHERESSE IL Y A SEPT ANS, ET NOUS AVONS EU LA PIRE INONDATION DE NOTRE HISTOIRE.
CES MAGICIENS ! TOUS DES CHARLATANS !
MAIS TU AS RAISON CETTE FOIS-CI, KULGAN. MES OS ME FONT MAL. L'HIVER ARRIVE.
ON S'EN VA ?

OUI! IL VA FALLOIR EMPAQUETER RAPIDEMENT TES AFFAIRES. L'AUBE SE LÈVE DANS MOINS D'UNE HEURE. MAIS FERME LA PORTE, PUG...
JE N'AI RIEN À TE REPROCHER... MAIS SI TU DEVAIS RECEVOIR UNE NOUVELLE VISITE NOCTURNE, JE TE SUGGÈRE DE NE PAS TE SOUMETTRE À UN DEUXIÈME... TEST.
JE NE SUIS PAS SÛR QUE TU T'EN SORTES AUSSI BIEN.
VOUS SAVEZ?
JE NE VOULAIS PAS T'EMBARRASSER, PUG. TU AS FAIT PREUVE D'UNE SAGESSE SURPRENANTE.
JE SAIS QU'IL EST PRESQUE IMPOSSIBLE DANS LE FEU DE L'ACTION D'ENVISAGER LES CONSÉQUENCES À LONG TERME. JE SUIS FIER QUE TU AIES PU LE FAIRE.
JE SUIS RESTÉ CONCENTRÉ SUR UNE SEULE IDÉE, KULGAN... LE GIBET.

WHOA!
NE TIRE PAS SI FORT.
TU VAS LUI SCIER LA BOUCHE ET LE RENDRE FOU. TIRE DOUCEMENT ET RELÂCHE UNE OU DEUX FOIS.
JE NE SUIS LÀ QUE DEPUIS QUELQUES MINUTES, MAIS ON DIRAIT DES HEURES.
C'EST RULF QUI A SELLÉ TON CHEVAL? JE M'EN DOUTAIS. IL A VRILLÉ TES ÉTRIERS. LE FROTTEMENT AURAIT FINI PAR T'ÉCORCHER L'INTÉRIEUR DES CUISSES.
CE RULF!
ON N'A PAS LE TEMPS DE SE BAGARRER. IL T'A AUSSI DONNÉ UNE MONTURE CAPRICIEUSE.
ELLE T'AURAIT PROBABLEMENT DÉSARÇONNÉ AVANT MIDI. ÉCHANGEONS.
SALUT, MARTIN! VOUS VOYAGEZ AVEC NOUS?
JUSTE AU DÉBUT, TOMAS. J'ACCOMPAGNE DES PISTEURS LE LONG DES FRONTIÈRES DE CRYDEE.
QUE PENSEZ-VOUS DE CETTE HISTOIRE, MARTIN?
SI LES ELFES SONT INQUIETS, ALORS MOI AUSSI. EXCUSEZ-MOI, JE DOIS PARLER À MES HOMMES.

VOTRE ALTESSE.
PRENDS GARDE À TOI ET À TA SANTÉ. VEILLE À CE QU'IL NE T'ARRIVE RIEN.
ET REVIENS-NOUS.
WAHOOOOO!
ON DIRAIT QUE LA PRINCESSE A DES PROJETS POUR VOUS, SEIGNEUR.

SURTOUT, SOYEZ PRUDENTS.
LE MONDE EST DANGEREUX, PAS LA PEINE D'ALLER AU-DEVANT DES ENNUIS. PUG, JE LA SURVEILLERAI POUR TOI.
MERCI, ROLAND. QUOI QU'IL ARRIVE, BONNE CHANCE À TOI AUSSI.
MERCI, PUG. JE SAIS QUE TU LE PENSES.
ON RISQUE DE S'ENNUYER SANS VOUS ! FAITES BIEN ATTENTION ! VOUS ÊTES ENVAHISSANTS, MAIS JE N'AIMERAIS PAS VOUS PERDRE.
ÇA Y EST, TOMAS. JE SUIS CONTENT, J'AI BESOIN DE SOUFFLER.
À SUIVRE !

LA SAGA CONTINUE…

GALERIE

Planches inédites issues du chapitre 4 et personnages

Same back ground
cut & paste if needed

ROCKS

Le duc Borric

Maître Kulgan

Princesse Carline

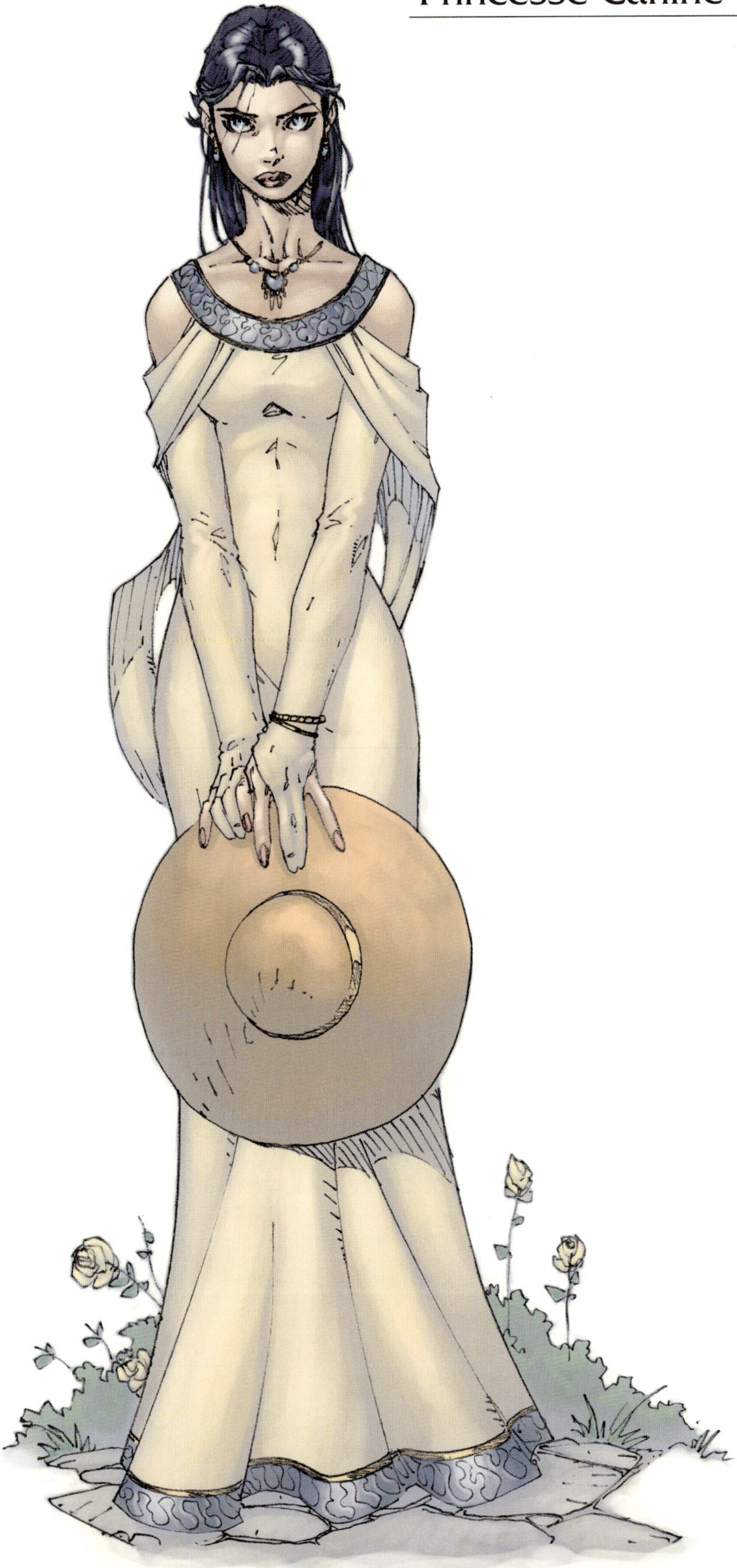

Tomas

Pug

MIDKEMIA
LE CONTINENT DE TRIAGIA
0 100 200 300 400 500
Miles
L'atlas official des mondes de Raymond E. Feist
(http://www.elvandar.com)
Carte dessinée par Ralph M. Askren, DVM.
Midkemia, Krondor et tous les autres noms de lieux,
ainsi que les caractéristiques distinctives de cette carte sont la propriété
de Raymond E. Feist, la Bittersea Company et Midkemia Press.
Reproduit avec l'autorisation de l'auteur.
Tous droits de reproduction ou de retransmission interdits.
LES TERRES DU NORD
Les grandes montagnes du Nord
Moraelin
Les monts de Pierre
Les steppes du Tonnerre
Harlech
La plaine
Armengar
Le lac du ciel
La faille d'Inclindel
Les collines de Yabon (terres hadaties)
Tyr-Sog
Elvandar
La forêt de Yabon
Yabon
Caldara
LaMut
Loriel
Crydee
Le Vercors
Les Tours Grises
Zūn
LES ÎLES DU COUCHANT
LA CÔTE SAUVAGE
Carse
Walinor
Natal
Ylith
La Combe au Faucon
Jonril
Hūsh
Questor-les-Terrasses
Eggley
Tulan
Port-Natal
Les monts Calastius
LA MER SANS FIN
Les Cités libres
Bordon
Queg
Tannerus
Port Margrave
LE ROYAUME DE QUEG
Sarth
Lan
L'île du Sorcier
LA PASSE DES TÉNÈBRES
Palanque
Krondor
LiMeth
Finisterre
LA TRISTE MER
Durbin
Shamata
LA MER DES SONGES
Elarial
Ranom
Novindus
LE VAL DES RÊVES (PROBLÈME DE FRONTIÈRE)
Montagnes des Trolls
N
O
E
S
Caralyan
LE DÉSERT DE JAL-PUR
L'EMPIRE
Monts de l'Ombrepluie
Ipilhi
Le massif des Aires des Aigles
LA MER DRAGON
Draconi
Taroom
Toowamba
Injune
Les guetteurs
Loranough
Jandowae

Les gardiens du Nord
Raglam
Les portes de Fer
du Monde
Les portes du Nord
Dencamp-les-Crocs
Kenting Rush
Hautetour
Wolfram
La Forêt Noire
TERRES
DES ORODONS
LA MER
DES LARMES
Côte-du-Guet
LES HAUTES ÉTENDUES
DUCHÉ
DE FARINDA
Les Hautes Étendues
TERRE
DES OROSINIS
ROYAUME DES MARAIS
Tir'anog
Craig Conar
COMTÉ DE CONAR
Stone
Cap de l'Évêque
La Haute
Place forte
BASTION-DE-BARDAC
Kalesh'Kaar
Bastion-de-Bardac
LES ROYAUMES
DE L'EST
Tanalar
OPAST
DUCHÉ D'OLASKO
PRINCIPAUTÉ
D'ARANOR
Opardum
Tuskalon
Gardien de glace
LOINTAINE LOREN
Dungaran
Porte d'Olasko
Lointaines Étendues
DUCHÉ
DE MALADON
ET SEMRICK
LES TERRES
DISPUTÉES
La cité d'Inaska
SALMATER
Maladon
Semrick
LES SEIGNEURS
DE LA FRONTIÈRE
Poste-de-Micel
Porte de Prandur
MISKALON
ROSKALON
Le cap
du Guetteur
Château-Cavell
La Trahison
Dolth
LE ROYAUME
DES ISLES
Rodez
Ran
Euper
Romney
Tiburn
LE DÉTROIT
D'ILTHROS
Sloop
LE ROYAUME
DE ROLDEM
Roldem
Bas-Tyra
Sadara
Lyton
Silden
Cheam
Timons
LA MER
DES ROYAUMES
Taunton
Havre Mauve
Vertes Étendues
Le massif
du Quor
Pont Suet
Les Pics de la Tranquillité
Jonril
GRANDE
Kampari
Min
de Lumière
Ishlana
Ithra
Dosra
Zacara
MÈRE
DES
EAUX
Khattara
Caralién
GOUFFRE D'ISHAP
Kesh
HAVRE NOIR
Sunnom
Wasra
Les monts de Pierres Sinistre
GOUFFRE D'OVERN
Kimri
Tupa
Jalóme
Queral
Les gardiens
LA GRANDE MER
Ahar
Hansulé
Ashunta
LA CEINTURE DE KESH
Brijané
Teléman
Lockpoint
La
Boucle
LE DÉSERT
DE
DRAHALI KAPUR
Le Cordon
Dragon Mere
EMPIRE INFÉRIEUR
(CONFÉDÉRATION KESHIANE)
Les pics
du Tourment
© R. M. Askren 2007

RAYMOND E. FEIST

MAGICIEN

APPRENTI